O ANTIGO FUTURO

LUIZ RUFFATO

O antigo futuro

Companhia Das Letras

Copyright © 2022 by Luiz Ruffato

Grafia atualizada segundo o Acordo Ortográfico da Língua Portuguesa de 1990, que entrou em vigor no Brasil em 2009.

Capa
Felipe Sabatini e Nina Farkas/ Gabinete Gráfico

Foto de capa
Everett Collection/ Shutterstock

Revisão
Valquíria Della Pozza
Marise Leal

Os personagens e as situações desta obra são reais apenas no universo da ficção; não se referem a pessoas e fatos concretos, e não emitem opinião sobre eles.

Dados Internacionais de Catalogação na Publicação (CIP)
(Câmara Brasileira do Livro, SP, Brasil)

Ruffato, Luiz
    O antigo futuro / Luiz Ruffato. — 1ª ed. — São Paulo : Companhia das Letras, 2022.

    ISBN 978-65-5921-142-5

    1. Ficção brasileira I. Título.

22-124421   CDD-B869.3

Índice para catálogo sistemático:
1. Ficção : Literatura brasileira   B869.3

Eliete Marques da Silva – Bibliotecária – CRB-8/9380

[2022]
Todos os direitos desta edição reservados à
EDITORA SCHWARCZ S.A.
Rua Bandeira Paulista, 702, cj. 32
04532-002 — São Paulo — SP
Telefone: (11) 3707-3500
www.companhiadasletras.com.br
www.blogdacompanhia.com.br
facebook.com/companhiadasletras
instagram.com/companhiadasletras
twitter.com/cialetras

A meus avós:
João e Maria
Giovanni e Marietta

A meus pais:
Sebastião e Geni

A meus irmãos:
Célio e Lúcia

A meus filhos:
Filipe e Helena

Do convés do Tempo acena a História
Não se sabe se aquilo é um adeus
    Luizinho Lopes, "Do futuro"

Ó miséria errante do meu país, pobre sangue extraído das artérias da minha pátria, meus irmãos dilacerados, minhas irmãs sem pão, filhos e pais de soldados que combateram e combaterão pela terra onde não puderam e não poderão viver; [...] *somos nós os culpados dos vossos sofrimentos, da desconfiança hostil com que nos veem às vezes;* [...] *também nós somos maculados pelos defeitos e culpas dos quais vos criticam no mundo, porque não vos amamos o suficiente, porque não trabalhamos o quanto deveríamos pelo vosso bem.* [...] *vocês são a pátria e o mundo, e até quando vocês continuarem a derramar lágrimas sobre a terra, qualquer felicidade dos outros será egoísmo, e qualquer orgulho nosso, falsidade.*
Edmondo De Amicis, *Em alto-mar*

Sumário

IV, 13
III, 73
II, 147
I, 193

IV

SOMERVILLE, 6 DE AGOSTO DE 2016

1 — Os tiros

Em manhãs assim, abafadas, a cicatriz no ombro de Alex, risco grosso e rosado, lateja, coça, como se viva, e tudo emerge, o barulho seco de tiros, o cheiro forte de pólvora, os dois corpos no chão — menos de um minuto, entre o grito do capacete apontando o revólver e o ruído do motor da motocicleta em disparada. Menos de um minuto... No entanto, naquela outra manhã, o tempo não marchava ao ritmo dos ponteiros do relógio na parede, mas pendulava, simultaneamente suspenso e alargado. Havia entrado na lanchonete, como todos os dias, para cumprimentar o irmão e o cunhado, antes de dirigir-se ao trabalho. O negócio funcionava no térreo do prédio erguido ao longo dos anos, na Casa Verde, em São Paulo, laje a laje, parede a parede, e onde se amontoavam o Pai e ele, no primeiro andar; Bruno e Rivânia e os filhos, Evair e Bruna, no segundo; a irmã, Jaqueline, e o marido, Vânderson, no terceiro. Em menos de um minuto só restavam duas pequenas poças de sangue escuro expandindo, espessas, pelo piso ainda úmido. Tudo, em menos de um minuto.

2 — *Desembarque*

Alex contava agora pouco mais de três anos nos Estados Unidos, tempo suficiente para perceber que aquela ideia de que regressaria em breve não passava de fantasia. Ainda podia ouvir Ruan, primo de sua cunhada, Rivânia, que o acolheu ao desembarcar do ônibus na South Station, em Boston, dizendo: Todo mundo chega aqui pensando em trabalhar, economizar, e voltar logo, o bolso cheio de dinheiro... Pura ilusão! A melhor coisa que você pode fazer agora é esquecer o Brasil — *Forget it!* — e, quanto antes, melhor. Na época, Ruan contava oito anos que tinha imigrado, estava aplicando para conseguir o *green card* e demonstrava enorme antipatia pela comunidade brasileira, da qual vivia apartado, recusando qualquer estímulo que recordasse suas origens, comida, música, notícias. *That's bullshit!*, como falava, com desprezo. Em tudo, esforçava-se para parecer americano: nas vestimentas, nos hábitos, em seu inglês com exagerado sotaque de Massachusetts. Alex morou de favor com ele em Marlborough, no primeiro mês, até arrumar emprego como *dishwasher* a dez dólares a hora numa pizzaria em Everett. Nunca mais se viram.

3 — *Palmeiras*

Ruan odiava o Brasil. Alex, no entanto, sentia imensa saudade. Não do país, propriamente, nem sequer das pessoas — a família havia acabado após aquela trágica manhã, e nunca fora de fazer amigos —, mas de alguns momentos de felicidade, tão raros que às vezes duvidava de que tivessem mesmo existido. Como, por exemplo, as inesperadas visitas do tio, Gilberto, o Artista, com suas "loucuradas", conforme ranzinzava o Pai. Uma de suas primeiras lembranças ficou registrada numa fotografia, tirada pelo tio, na rua Turiassu, no Parque Antártica: Alex, gorro verde com escudo do Palmeiras, a mão minúscula agarrada à mão do Bruno, parados ambos no meio da multidão que caminha excitada rumo ao estádio. No alto da arquibancada lotada, os olhos maravilhados acompanharam o uniforme esmeralda, os dribles, os lançamentos, as faltas, o vozerio da torcida em transe, Dá-lhe, dá-lhe/ Porco!/ Dá-lhe, dá-lhe/ Porco! O jogo contra o Santos terminou com a vitória do Palmeiras, que sagrou-se campeão paulista, por antecipação, dois a zero, gols de Luisão e Cléber. O tio, embora torcesse vagamente pelo Fluminense, comemorou o título com os sobrinhos, levando-os para comer hambúrguer no McDonald's do Shopping West Plaza. Tiritava de frio naquela tarde de junho...

4 — *Neve*

Houvesse aportado em Boston no inverno, quase certo Alex não teria conseguido permanecer — todos ainda comentavam, horrorizados, o caos que se instalou por conta da nevasca Nemo, em fevereiro daquele ano. Chegou em fins de maio, sob o trauma do recente ataque terrorista durante a Maratona, a temperatura baixava à noite, mas nunca a menos de dez graus. Em seguida, entrou o verão, depois o outono, pouco a pouco o corpo adaptava-se às mudanças do clima. A primeira friagem encontrou-o vivendo num quarto a quinhentos e cinquenta dólares por mês, em Framingham — cama de solteiro, cômoda, televisão de vinte polegadas equilibrada sobre uma mesinha, aquecedor que não esquentava direito —, alugado de um patrício, mineiro de Patrocínio do Muriaé, conhecido como Frank, que ocupava-se com *landscaping*. Enfrentava às vezes jornadas contínuas de até onze horas, e, ao retornar exausto para casa, após noventa minutos de trem, enfiava-se debaixo dos cobertores, roupa e tudo, e virava de um lado para outro até pegar no sono. Uma manhã de dezembro, ao despertar, abriu uma fresta da cortina da janela e deparou, extático, com a neve que caía, em abundância. Recordou, então, da Jaqueline, o tutu cor-de-rosa dançando um trecho d'O Lago dos Cisnes no auditório do Colégio do Matão, onde estudavam, o chão coberto de pequenos pedaços de isopor.

5 — *Rivânia*

Quando Bruno apareceu pela primeira vez com a Rivânia para apresentá-la ao Pai, Alex contava quinze anos. Não conseguiu perceber de imediato o que o irmão vira naquela garota desmilinguida, que morava longe, na Zona Leste, a cara pontilhada de espinhas, disfarçadas por maquiagem carregadíssima. Bastou, no entanto, ela abrir a boca para que se apaixonasse. Simpática, extrovertida, engraçada, falava com as vogais levemente abertas, usando expressões esdrúxulas. Então, passou a não compreender o que ela descobrira de interessante no irmão, comprido, feio, tímido, o nariz enorme — característica da qual os Bortoletto, inexplicavelmente, orgulhavam-se. O Pai, que tinha indisfarçável implicância com nordestinos, aprovou-a, satisfeito, ressaltando, sempre que podia, que, apesar do sotaque baianeiro, ela era "pessoa distinta", grau máximo que alguém poderia alcançar em sua escala de consideração. E Jaqueline, que morria de medo de perder importância na rotina familiar, adotou-a como a irmã que nunca teve.

6 — O sumiço

Os dedos de Alex abraçavam a alça da merendeira com a estampa das Tartarugas Ninja. Todas as crianças já haviam ido embora, menos ele, que, de pé, mãos dadas com a "tia" Ideli, permanecia estacado em frente à Corujinha Feliz. A "tia" tentara convencê-lo a aguardar dentro da escola, mas ele, de natural cordato, empacou, ameaçando abrir o berreiro. Então, ficaram ambos expostos ao vento frio de agosto, observando ansiosos os carros que trafegavam pela rua estreita. A mãe de Alex sempre se atrasava, por isso a "tia" Vera só se preocupou em telefonar quando já passava das sete. O Pai atendeu, espantou-se com o esquecimento da mulher, e disse que iria imediatamente. Pouco depois das sete e meia, estacionou o Voyage cinza e, sem desligar o motor, cheirando ainda a trabalho, tomou Alex no colo, colocou-o no banco de trás, desculpou-se com as "tias" Ideli e Vera — que, ouvindo o barulho do carro, também saíra para a calçada —, e em quinze minutos encontravam-se no sobrado, que, naquela época, constava apenas de um andar, além do térreo. O Pai falou qualquer coisa para o Bruno, ligou a televisão e o videocassete, e desceu as escadas, nervoso. Surpresos, Alex e Jaqueline deitaram no sofá, debaixo da grossa manta azul, e, acompanhados do Mingau e do Ig, assistiram O Rei Leão, tomando Coca-Cola e comendo pipoca que o irmão estourou no micro-ondas. Acabaram adormecendo na metade do segundo filme, A Bela e a Fera, e nem perceberam o Pai retornar, madrugada alta, e carregar para a cama o Bruno, que havia cochilado em frente à porta da sala, enrolado num edredom.

7 — Kate

Depois de pousar brevemente aqui e ali, agora Alex vivia há pouco mais de um ano em Somerville, numa ruazinha próxima à estação Sullivan Square do metrô, quarto a seiscentos dólares por mês, aparelho de ar condicionado e televisão de trinta e duas polegadas que pegava a Globo Internacional e a Record Americas — como propagandeava o anúncio colocado pelo Volnei no Brazilian Times. Trocara de emprego algumas vezes, desde a chegada aos Estados Unidos, e naquele inverno começara a trabalhar como ajudante de cozinha num restaurante mexicano em Malden, a treze dólares a hora e a trinta minutos de ônibus de casa. O que não mudara era o retraimento. Se antes gostava de estar sozinho com seus brinquedos, rechaçando quaisquer tentativas dos pais de forçarem amizade com meninos da vizinhança, depois do sumiço da mãe tornara-se ainda mais arisco. Começou a gaguejar, o Pai, orientado pela "tia" Vera, levou-o a uma psicóloga, na Lapa, o distúrbio regrediu. Mas, nos Estados Unidos, evitava falar, receio de que, por vergonha de seu inglês incipiente, o problema voltasse. Também, para poupar dinheiro, quase não passeava nos escassos momentos de folga — tudo o que recebia drenava para São Paulo. Um dos poucos lugares que vinha frequentando nos últimos meses era a igreja de Santo Antônio, nas manhãs de domingo, não por conta da missa, pois há muito perdera a fé, mas para encontrar Katielly, a quem fora encaminhado pelo padre Ademir. *Housecleaner*, Kate, como gostava de ser chamada, nascida em Patos Velhos, um buraco perto de Prudentópolis, no Paraná, chegava a tirar cento e setenta dólares por dia, em média, e nos domingos operava como voluntária na paróquia acudindo os brasileiros — desde orientações para resolver "problemas de papel" até informações sobre onde comprar "coisas mais em conta", passando pela assistência aos doentes e desempregados.

8 — Bortoletto's Lanches

Bruno largou os estudos assim que terminou o ensino médio. Queria porque queria começar logo a ganhar dinheiro, achava perda de tempo continuar "com a bunda colada no banco da escola", como alegava. Tanto infernizou o Pai que ele consentiu com aquela "loucurada" — "loucurada" era como denominava tudo o que fugisse à sua compreensão. Renunciava ao sonho de ver o filho médico, engenheiro, advogado, mas no íntimo sentia-se envaidecido, porque, agindo dessa forma, Bruno mantinha a tradição dos Bortoletto, "gente ordeira e trabalhadora que não intimida com a sorte". Então, pediu de volta o cômodo do térreo, que um conhecido transformara em depósito. Alex nunca soube que tipo de produto armazenavam ali — caixas e mais caixas de papelão, sem rótulo, movimentadas sempre no escuro, quando o sol ainda não havia nascido ou já tinha se posto. De seu quarto, que dava para a rua, ouvia de vez em quando o barulho da porta de aço sendo desenrolada e pela veneziana avistava a Kombi amarela parada lá embaixo. O conhecido demorou ainda algumas semanas para entregar o imóvel, alugado sem contrato — todos os dias, depois do trabalho, o Pai ligava cobrando a saída dele e, no final, ameaçou até de recorrer à polícia. Esvaziado o compartimento, o Pai despendeu as economias da caderneta de poupança na reforma do lugar. No dia da inauguração do Bortoletto's Lanches, um sábado de novembro, calor insuportável, ofereceu de graça à futura freguesia três barris de chope de trinta litros e espetinhos de carne à vontade, assados numa churrasqueira improvisada na calçada. Alex experimentou escondido o chope, detestou o gosto amargo mas ingeriu vários copos de plástico, vomitou, acordou no dia seguinte com uma terrível dor de cabeça, recebeu um sermão do Pai, nunca se acostumou com bebida alcoólica.

9 — *Volnei*

Volnei achava impossível alguém não apreciar cerveja — ele, que mantinha o refrigerador abarrotado de Bud Light! Tanto insistia que, às vezes, Alex, para agradar, tomava uma daquelas latinhas azuis, o que deixava o *roommate* sobremaneira feliz. Volnei estava há doze anos nos Estados Unidos, ganhava vinte e três dólares a hora como mecânico de carros em Revere, possuía *green card*, mas nunca havia voltado ao Brasil. Animado, procurava sempre carregar Alex para as festas da comunidade. No ano anterior, conseguira levá-lo ao Festival da Independência do Brasil, no Herter Park. Emocionaram-se com o Hino Nacional — mais Volnei que Alex —, assistiram a parada, deslumbraram-se com a destreza dos capoeiristas do Mestre Deraldo, comeram salgadinhos, acompanharam os shows de forró, chorinho e pagode. Patriota exaltado, Volnei não admitia que ninguém falasse mal do Brasil, e comovia-se, às lágrimas, ao relembrar a infância de privações vivida numa roça chamada Santa Maria do Baixio, cafundó perdido entre Ipatinga e Caratinga. Quando a saudade apertava, corria ao Mineirão, da Union Square, para comprar pão francês, pão de queijo, pastel, guaraná Antarctica e chocolate Garoto, e às vezes chegava mesmo a dirigir por dez milhas, até Allston, só para comer um prato de arroz com feijão, bife e batata frita, no Sabor do Brasil. Generoso, não permitiu que Alex virasse mais um ano sozinho fora de casa, convencendo-o a passarem o *réveillon* no Samba Bar, a quarenta e cinco dólares por cabeça — e ainda pagou a metade do ingresso! Fora ele também que o arrastara à igreja de Santo Antônio para que se "enturmasse". Apresentou-o ao padre Ademir, de quem se dizia "velho conhecido", mas Alex compreendeu que, muito mais que estar junto de Deus, Volnei deseja ficar próximo ao rebanho feminino. Esbanjando carisma, os pretíssimos cabelos estilo anos oitenta, curtos na frente, longos atrás, os inseparáveis óculos-aviador espelhados e as roupas extravagantes adquiridas na Goodwill, Volnei arrancava comentários admirativos quando entrava no estacionamento da Properzy Way com seu Mercedes azul, bancos de couro creme, "adquirido na Helping Hands of America, de Wrentham, por quatro mil e quinhentos dólares, totalmente restaurado por estas minhas próprias mãos", como fazia questão de informar.

10 — O Pai

O tio Gilberto, o Artista, confidenciou certa vez que, em Cataguases, cidade onde nasceram, o Pai participava de um grupo de jovens que atuava na igreja de Nossa Senhora de Fátima. Alex não conseguia imaginar o Pai cantando em coro de missa e muito menos concebê-lo irmanado a outros adolescentes para distribuir mantimentos nos bairros de periferia, visitar asilo de velhos, passear de bicicleta, nadar em cachoeiras, entoar serenatas, coisas que o tio Gilberto, o Artista, jurava que ele fazia. Conviveu com o Pai em outra época... Todos os domingos, acordavam cedo e aprontavam-se para a missa das oito na igreja de São João Evangelista, na Casa Verde Baixa, menos a mãe, que permanecia o dia inteiro encerrada dentro do quarto escuro. Embalado pela monótona liturgia, Alex ressonava estendido no banco duro de madeira, a cabeça no colo do Pai. Depois, o Pai os guiava numa excursão pela cidade, itinerário previamente estabelecido, e ia mencionando os nomes das ruas e dos bairros e dos monumentos e explicando as singularidades de cada um deles. Na volta, paravam na feira-livre da avenida Baruel e aproveitavam para comer pastel e tomar caldo de cana na barraca da Mitiko. Em casa, depois de mudarem de roupa, o Pai colocava-os para lavar o carro e a calçada, tarefa que terminava com todos alegremente ensopados. Depois, instalavam-se na cozinha para cuidar do almoço, sempre macarronada, a "macarronada de domingo", único prato que o Pai sabia fazer... Havia uma fotografia, colorida, desbotada, tirada pelo Pai, onde apareciam o Bruno com a mangueira, de chorte e sem camisa, jogando água no teto do Voyage, a Jaqueline sorrindo, banguela, com a vassoura na mão, e Alex, emburrado, segurando um baldinho.

11 — Fotografias

O guarda-roupa do quarto do Pai abrigava destroços da memória partilhada. A caixa preta, na tampa um retângulo branco colado, escrito em hesitante letra palito masculina "Nossa Família", continha três álbuns da Kodak com fotografias preto e branco e coloridas, revelando a infância e a adolescência dos irmãos, sempre ausente a mãe; um pequeno álbum de retratos três por quatro do Pai; e duas fitas de videocassete, emboloradas, um passeio ao Zoológico, na Água Funda, uma viagem de férias, a única que realizaram todos juntos, a Marechal Deodoro e Barra de São Miguel, em Alagoas. Empilhadas, havia outras três caixas idênticas. A azul, que trazia escrito com trêmula letra cursiva feminina o nome "Aleksandro Felipe", acomodava um fotolivro, "Recordando meu batismo", que Alex às vezes folheava escondido. Entre várias páginas que conservavam resquícios de fotografias bruscamente removidas, sobraram três imagens inteiras — no colo da madrinha, berrando, enquanto o padre, na pia batismal, despejava água benta em sua cabeça; mais calmo, ainda no colo da madrinha, tendo ao lado um risonho padrinho; e desajeitadamente embalado pelo pai — e uma imagem cortada transversalmente ao meio, em que, chupeta na boca, surge sereno aninhado em braços sem corpo. Os cativantes padrinhos, o Pai dizia não recordar o nome deles, antigos vizinhos que mudaram para longe. A caixa verde expunha na tampa, em caligrafia gótica, decalcada letra a letra, o nome "Bruno Eduardo"; e a caixa rosa estampava, no retângulo branco colado, o nome "Jaqueline Renata", escrito com a mesma insegura letra cursiva feminina. Por fim, recostado verticalmente ao forro do guarda-roupa, atrás das caixas coloridas, um fotolivro grande, creme, as palavras "Sempre juntos" desenhadas em dourado, com páginas arrancadas e fotografias toscamente mutiladas a tesoura e estilete.

12 — Mudança

Após o sumiço da mãe, o Pai providenciou a troca completa dos objetos da casa. Promovia, nos fins de semana, andanças pelos shoppings para comprar móveis, utensílios, roupas de cama e banho, que substituíam os antigos, recolhidos todos pelas Casas André Luiz. Nesses dias, ele abandonava a casca casmurra e mostrava-se tolerante com as "loucuradas" dos filhos. Deixava que almoçassem "porcarias" na praça de alimentação e tomassem sorvetes de sobremesa: empanturravam-se de felicidade. Assim, pouco a pouco, a lembrança da mãe, nunca evocada, foi se apagando, nome sem voz, nome sem rosto, vaga sombra, fumaça, nada. Nenhum vestígio dela restou, até as paredes ganharam novas tonalidades, até a cortina florida de plástico do boxe do banheiro foi trocada, até o espantoso lustre âmbar de cristal da sala, que dava à noite um estranho brilho amarelado, substituiu-o uma luminária comum.

13 — *Dona Rosário*

Acabaram acostumando-se à dona Rosário, solteirona gorda e lenta, empregada pelo Pai só por ser conterrânea, mineira de São Geraldo, que limitava-se a varrer os cômodos — sem nunca arredar ou espanar os móveis —, ajeitar os lençóis, lavar as vasilhas e passar um pano úmido no chão da cozinha, parando, a cada passo, as pernas varicosas, queixosa de falta de ar e de fraqueza (corroída pelo diabetes, aplicava-se insulina na barriga e nas coxas, para terror e êxtase da criançada). Ninguém reclamava dela, por ser velha e enfermiça, pois compensava a lerdeza e o desleixo com uma dedicação plena ao Bruno e ao Alex, e, mais acentuada ainda, à Jaqueline, sublimando, talvez, o amor que dedicaria aos filhos desfeitos em nuvens.

14 — *Outono*

O primeiro outono de Alex nos Estados Unidos encontrou-o desprevenido — de roupas quentes e de recursos. Frank alertou-o para o frio próximo que, segundo as previsões, poderia ser ainda pior que o daquele ano, quando a temperatura baixou, em janeiro, a dezesseis graus negativos, e a neve chegou a mais de sessenta centímetros de altura, em fevereiro. Numa terça-feira de manhã, após receber o envelope com o pagamento da pizzaria em Everett, resolveu conhecer a *downtown* de Boston. Pegou o metrô na estação Wellington e quinze minutos mais encontrava-se na Marshalls comprando casaco e calça impermeáveis, meias, luvas, cachecol e gorro. Gastou mais de cem dólares! Em seguida, arrastando sua solidão pelo Boston Common, entre melancólicas árvores de folhagem amarelo-avermelhada, sentiu um aperto no peito, possível que Ruan estivesse certo, nunca mais conseguiria voltar para casa... E, dia a dia, o Brasil tornava-se mais e mais distante, igual como, na estrada, assistimos a paisagem sumindo no espelho retrovisor. Deixara em São Paulo o Pai acamado, a metade direita do corpo paralisada pelo derrame, e a Jaqueline prostrada, acorrentada a uma depressão avassaladora. Correndo de um lado para outro, Rivânia cuidava de todos, sempre sem dinheiro, mesmo juntando as pensões deixadas pelo Bruno e pelo Vânderson, o auxílio-doença que a Jaqueline recebia do INSS, a aposentadoria do Pai, e mais o valor do arrendamento da lanchonete. Tudo confluía para o pagamento da escola para os filhos e o sobrinho, cuidadora para o sogro, remédios para a cunhada, diarista para limpar a casa, parcelas da dívida com os bancos, e impostos, e taxas, e isso e aquilo. Os dólares que Alex remetia resultaram, assim, essenciais para a subsistência da família — para ele, separava o estritamente necessário, aluguel, comida, transporte. De vez em quando falava com Rivânia pelo Skype, no começo conversas detalhadas, cheias de suspiros e lágrimas, mais tarde breves saudações, suficientes apenas para exporem, ambos, as dificuldades que enfrentavam.

15 — *Fronteiras*

Você tem os olhos mais tristes que conheço, Kate dissera, no China Delight, a meia quadra da igreja de Santo Antônio, na primeira vez em que saíram juntos sozinhos, em meados de janeiro, ele comendo *noodles* e bebendo Coca-Cola, ela atracada a um frango *spicy*, amenizado por goles de uma cerveja chinesa, Tsingtao. Kate era uma mistura de poloneses e ucranianos e, ela falava com uma ponta de orgulho, uma pitada de sangue indígena, já que uma de suas avós maternas seria descendente de *kaingangs*. Encontrava-se em Boston há dez anos e começara trabalhando como *helper*, a oito dólares a hora, às vezes por doze horas seguidas, até aprender o serviço e tornar-se *housecleaner*, formando seu próprio *schedule*. Dois anos mais velha que Alex, na ocasião em que foram apresentados comportou-se com certa negligência. Indagou como aportara nos Estados Unidos, ele explicou que entrara como turista, por Nova Iorque, e no Port Authority pegara um ônibus até Boston, caindo então na clandestinidade — uma história bastante comum aos indocumentados. No entanto, meses depois, durante o almoço no China Delight, incitada, talvez, pela tristeza dos olhos de Alex, Kate, habituada a ouvir, desatou a falar, compartilhando, como confessou, coisas que nunca havia contado a ninguém. Após tentar em vão duas vezes o visto americano, desperdiçando dinheiro e tempo em passagens e estadia em São Paulo, Kate resolveu operar à sua maneira. Combinou com um vizinho de Guarapuava, onde morava, e mais um amigo dele, de Telêmaco Borba, e decidiram empreender juntos a jornada. Contataram um sujeito, em São Paulo, e ela acertou a viagem por treze mil dólares, um terço do dinheiro conseguido com a venda antecipada, por contrato de gaveta, de sua cota na herança de um terreno em Prudentópolis para seu irmão, Jocélio. E, assim, ela, que nunca havia posto os pés num avião, que sempre morara com os pais, que não falava nenhuma língua estrangeira, colocou uma mochila nas costas e se enredou numa extravagante aventura. Na época, havia exigência de visto também para o México, então embarcaram para a Guatemala, via Panamá, e na capital pegaram um ônibus para um lugarejo na fronteira, La Mesilla. Enfurnados num hotelzinho chamado Maria Eugenia, aguardaram um dia e uma noite pelo contrabandista que os guiou para o outro lado, caminhando sobressaltados por uma trilha no meio da mata. Na cidade mexicana, cujo nome não lembrava, tomaram um micro-ônibus, agachando e se cobrindo com as bagagens dos outros passageiros quando aproximavam dos pedágios, até San Cristóbal de las Casas. Após comerem, entraram em outro micro-ônibus, com destino a Ixtepec, onde despenderam a noite ao relento. Pela manhã foram alojados num vagão de carga, com mais trinta pessoas, e abraçada pela incerteza, pela fome e pelo frio, ao ritmo lento do trem, chorou, amargurada, mas achavam-se todos tão cansados e tensos que ninguém percebeu. Na Cidade do México hospedaram-se numa pensão, e, exausta, tomou um banho e dormiu horas seguidas. No fim da tarde do dia seguinte, subiram na carroceria de um caminhão que os transportou a Matamoros, vinte horas por estradas secundárias. Assim, onze dias depois de sair de Guarapuava, encontrava-se finalmente na fronteira com os Estados Unidos. Esperaram, trancafiados numa casa lotada, por uma semana, convivendo com gente de tudo quanto é lugar. Um dos piores momentos da minha vida, Kate confessou, comovida, os olhos marejados, a frase entrecortada. Sem poder sair e sem ter o que fazer, descobriu um livro, Manual Práctico de Primeros Auxilios, com o qual empenhou-se em aprender espanhol, recorrendo a duas crianças de El Salvador para elucidar dúvidas. Avisados de que iriam partir em breve, Kate acompanhou em silêncio o Credo, em espanhol, que assustados rostos brônzeos entoavam, levantando os olhos angustiados para o Alto, O que nos espera por detrás da noite? Despediram-se, dispersaram-se. Ela atravessou o rio Grande de boia, e, no outro lado da fronteira, um carro a levou até um cômodo imundo, em Brownsville, no qual permaneceu por um dia e meio, sozinha, comendo *pretzel* Snyder's e tomando água da torneira. Afinal, de caminhão em caminhão, alcançou Boston em quatro dias. Seu vizinho, soube mais tarde, prendeu-o a patrulha de fronteira, e, desperta na madrugada, perguntava-se quantos, daqueles desterrados que haviam estado com ela em Matamoros, conseguiram cruzar o rio... Tinha dezenove anos, uma dívida de nove mil dólares e uma imensa mágoa...

16 — Jéssica

Tímido, Alex percorria solitário e enfezado os corredores do Colégio do Matão, sempre o seboso capuz do abrigo azul-escuro cobrindo a cabeça, erupção de espinhas no rosto, cravos alastrando-se pelas costas. Sem sucesso, Bruno tentou encaminhá-lo para as artes marciais — treinava *muay thai* — e para o futebol de salão — era pivô do Racing Casa Verde. Também, sem sucesso, Jaqueline buscou despertá-lo para a natação, que praticava na ACM do Limão. Mas Alex não se interessava por nada que não fossem, como dizia o Pai, os "malditos jogos eletrônicos". Vivia enfurnado no quarto, sozinho, horas e horas agarrado à manete do seu PlayStation — GTA, God of War, Burnout, Resident Evil, Call of Duty —, comendo Cheetos e tomando Coca-Cola, a ponto de às vezes a manhã encontrá-lo ainda desperto e ele levantar-se da cadeira e sair correndo atrasado para a aula. No segundo ano do ensino médio, apaixonou-se por Jéssica, longos cabelos pretos escorridos, olhos igualmente pretos, morena. Paixão doída, silenciosa, movida por desejos, ciúmes, planos. Nos intervalos, observava-a, de soslaio, conversando com as amigas. Na sala, contrariando seu feitio discreto, expunha-se, sardônico, intentando chamar sua atenção. Desconcentrado, afastou-se dos "malditos jogos eletrônicos", e, trocando-os pela "loucurada" passiva dos fones de ouvido, Nirvana, System of a Down, Pearl Jam, Foo Fighters, Linkin Park, suspirava taciturno pelos cantos.

Um dia, encorajando-se, sem que ninguém percebesse, entregou a Jéssica um bilhete, "A minha vida não será a mesma se você não fizer parte dela. Preciso da sua presença, para me sentir completo e feliz", que, com sua caligrafia garranchada, havia copiado, às escondidas, de um caderno antigo da Jaqueline. A mensagem circulou de mão em mão e Alex tornou-se motivo de zombaria de toda a classe. Assim, decidiu se matar, atirando-se do alto do sobrado, que, nessa época, possuía mais um andar, recém-construído para acomodar o Bruno e a Rivânia, que, noivos, em breve se casariam. Subiu, sentou-se na beirada, as pernas balançando no vazio, o tronco estendido na laje, a cabeça aninhada nas mãos entrelaçadas, e ficou a observar as nuvens que deslizavam no céu, as circunvoluções de um urubu quase um pontinho preto tão alto, os rastros deixados por um avião invisível, lembrou da mãe, qual a cor de seus cabelos, de seus olhos? Como será sumir, desaparecer completamente, largar as pessoas aguardando, na expectativa de que numa manhã qualquer a porta se abrisse e ela entrasse, sacola na mão, esbaforida, dizendo, Gente, as coisas estão muuuuito caras!, como acabasse de retornar da feira-livre e fosse a coisa mais normal do mundo permanecer anos e anos sem dar notícias e ressurgir assim, de repente... Desistiu de se jogar lá embaixo... De vez em quando, ao pegarem a Via Anchieta no domingo para comer frango com polenta no Demarchi, em São Bernardo do Campo, cruzavam com algum mendigo esfarrapado, cajado e embornal, barbudo e sujo, e o Pai comentava, Que tristeza, não ter onde morar, sem amigos, família... E apiedavam-se, samaritanamente. Iria tornar-se andarilho! Num impulso, desceu da laje, pediu dinheiro emprestado para a dona Rosário, Uma urgência, explicou, não fala pro Pai, não! Tomou o ônibus da linha Metrô Santana e saltou, determinado, na rodoviária do Tietê. Circulou aturdido por entre as dezenas de guichês, e descobriu, frustrado, que a quantia que possuía não o levaria muito longe. Pior: por ser de-menor, não conseguiria perfazer nenhum trajeto sozinho. Deliberativo, comeu dois pães de queijo, tomou uma vitamina de banana com aveia. Abancou numa cadeira de plástico dura e ficou contemplando os rostos dos que transitavam afobados carregando malas e bolsas e mochilas e pacotes, e sentiu uma imensa saudade antecipada do Pai, dos irmãos, dos gatos, dos videogames, dos pôsteres pregados na parede do quarto, e seu propósito de ganhar o mundo pouco a pouco arrefeceu-se. Regressou cabisbaixo, penetrou em casa sorrateiro e por uma semana caiu prostrado — uma tristeza tão grande que só se levantava da cama para ir ao banheiro ou para engolir sem vontade o prato de mingau de fubá com ovo que a dona Rosário preparava para ele. Quando voltou ao colégio, haviam esquecido do bilhete, só tratavam da Copa do Mundo, prestes a começar, na Alemanha, as bandeirinhas verde-amarelas penduradas nos postes, os grafites espalhados pelos muros do bairro, o asfalto colorido da rua Ouro Grosso, imagem exibida até no Jornal Nacional. Tempos depois, calouro de Ciência da Computação na Uninove, esbarrou com Jéssica no Center Norte, um sábado, começo de tarde quente de abril. Ela o cumprimentou, afável, convidando-o para acompanhá-la à Cervejaria Munique, onde iria esperar umas amigas. Alex aceitou, sem graça. Ela comandou dois chopes, e Alex preferiu não recusar, para evitar explicações sobre por que não apreciava bebida alcoólica. Excitada, Jéssica revelou-se contentíssima por estar cursando Obstetrícia na USP Leste, Alex a felicitou, eles brindaram, e ela compartilhou, entusiasmada, seus projetos, conseguir trabalho, casar, ter filhos, constituir família, Só falta achar a pessoa ideal, disse, rindo, e emendou, meio constrangida, que se arrependia tanto daquela "criancice" feita com Alex, ele não merecia aquilo, um cara tão legal, e ruborizou, os olhos pretos afixados na bolacha molhada pelo suor da tulipa. Alex manteve-se calado, deixando entrever que nem lembrava mais daquilo, o que não era verdade. Após sorver o último gole do chope — o de Alex continuava pela metade —, Jéssica confessou que às vezes atacava-a uma nostalgia dos "velhos tempos" — como se houvesse decorrido décadas desde quando deixaram o colégio — e questionou se Alex também sentia falta daquele período. Então, as duas amigas chegaram, arquejantes e espalhafatosas, beijaram Jéssica no rosto e saudaram Alex distraídas. Ele esgueirou-se por entre as mesas, dirigindo-se ao caixa, pagou a conta, regressou, despediu-se, não sem antes jurar para Jéssica que, "com toda a certeza", iria ligar para combinarem "alguma coisa", o que nunca ocorreu, e saiu pelo shopping em busca de um BlackBerry para o Pai, que se negava a usar celular, mas haviam decidido, os filhos, comprar-lhe um aparelho, presente de aniversário, para que pudessem estar "sempre à mão", como argumentaram, sem convencê-lo. Se, na ocasião, tivesse tido oportunidade de responder a pergunta de Jéssica, Alex talvez dissesse que não, não sentia falta do passado, pois só olhava para a frente, para as amplas possibilidades que se abriam, o país engrenara e tudo parecia fluir, arrumaria um bom emprego, conquistaria independência financeira, aproveitaria a vida, enfim.

17 — Vantuil

Naquela mesma época, Vantuil, irmão mais velho do Volnei, regressava dos Estados Unidos, após nove anos de clandestinidade, empolgado em associar-se ao que parecia "a marcha inexorável do Brasil rumo à resolução de seus atávicos problemas". Vantuil aportara em Boston com vinte e cinco anos, de imediato arranjara emprego na construção civil como *helper* a dezessete dólares a hora, e, habilidoso, logo passou a *brickeiro* a vinte e cinco dólares a hora. Embora desassombrado, incomodava-o, mais que a saudade, a rotina: de segunda a sábado, levantar às cinco e meia da manhã, engolir um café reforçado, empacotar a marmita preparada na noite anterior, caminhar até o *meeting point* para aguardar a van que, desconfortável, quase sempre suja, o levaria à obra, em geral a uma hora de Worcester, onde se fixou. Ao meio-dia, um *break* de vinte minutos para comer, e toca a labutar, sob o sol escaldante do verão — no inverno, sem trabalho, raspava neve a vinte dólares a hora. À noite, fatigado, voltava para casa, tomava banho, ligava a televisão para assistir novela mexicana na Univisión enquanto cozinhava, e dormia um sono sem sonhos, para recomeçar tudo no dia seguinte. Mas, valia a pena: sábado, fim do expediente, enfiava o envelope no bolso, gordo de mil e duzentos, mil e quinhentos dólares, dependendo do horário que o sol se punha. Onde ganharia isso no Brasil, um sujeito sem instrução? Assim estumara desde cedo as fantasias do Volnei, caçula da fieira de cinco irmãos, que, suspiroso, espantava moscas e mosquitos das quatro bancadas de pés de couve e de alface murchos, abobrinhas, vagens e quiabos passados, laranjas e limões envergonhados, na quitandinha de uma porta só que o pai adquiriu em São João do Oriente depois de ver fracassar a lavoura em Santa Maria do Baixio. Quando morreu o pai, após meses arrastando uma loucura decorrente da presença de uma solitária na cabeça, fecharam o comércio, a mãe resolveu morar com a Vanda, uma das filhas casadas, em Ipatinga, e Volnei, que acabara de completar dezoito anos, seguiu para os Estados Unidos, custeado por Vantuil. Ao chegar, o irmão engajou Volnei como aprendiz de mecânico numa oficina de carros em Medford, pertencente a um conterrâneo de Governador Valadares, pois queria evitar para o caçula o trabalho pesado e sem progresso da construção civil. Foram cinco anos de camaradagem domingueira: orgulhoso, observava a evolução do Volnei, que aprendia inglês sem dificuldade e já ganhava dinheiro para o sustento. Porém, impressionado com as auspiciosas notícias que aportavam na comunidade, Vantuil decidiu retornar ao Brasil. Acumulara um pequeno patrimônio, cerca de cinquenta mil dólares, *cash*, uma casa e um apartamento no Bairro dos Professores, em Coronel Fabriciano, cidade onde também residia o seu irmão (a outra irmã, Vanessa, casada, vivia em São Paulo), e o sitiozinho onde nasceram, em Santa Maria do Baixio, apanhado por puro capricho sentimentalista, já que não passava de um morro pelado tomado por guaxima, assa-peixe, cipó, rasgado por voçorocas, pontuado por cupins. Com o Volnei, deixou a Caravan 2000, que adorava, e a promessa de que, logo que rearrumasse as coisas, o arrastaria de volta também, pois, ao embarcar no aeroporto Logan, em Boston, proibido de retornar por dez anos, nem se preocupou, porque não intentava mesmo pisar de novo nos Estados Unidos, país que sugou o que considerava o melhor de sua existência. Instalado em Coronel Fabriciano, vendeu o apartamento e, juntando as economias, comprou um imóvel no Giovannini, onde montou uma lanchonete em sociedade com o Válter — entrou com o dinheiro, o irmão com o trabalho. Vantuil mostrava-se ávido por reaver o tempo perdido. Iniciou a construção de uma vivenda rústica e de uma piscina enorme no sitiozinho de Santa Maria do Baixio. Conheceu Karina, de uma família de metalúrgicos de Timóteo, e em menos de um ano estava casado, cerimônia pomposa na igreja-matriz de São José, festa memorável nas dependências do Acesita, lua-de-mel em Porto Seguro, na Bahia. Logo veio o primeiro filho, Viktor. Aos sábados, recebia os amigos e parentes para um churrasco regado a cerveja e música sertaneja, e nos domingos de sol enchiam a S10 cabine dupla e o Fox que atravancavam a garagem e liderava todo mundo para o Mirante do Cachoeirão, para as cachoeiras da Serra dos Cocais ou para o Parque do Rio

Doce. No entanto, quando nasceu o casal de gêmeos, David e Dayani, Karina descobriu que as constantes idas de Vantuil a Ipatinga para visitar a mãe eram desculpas para estar com a amante, e que Válter roubava descaradamente o irmão. Indignada, ela exigiu mudanças drásticas, mas tarde demais. Em cinco anos, Vantuil estava falido: desfez-se da lanchonete e da S10 para pagar dívidas, os amigos desapareceram, os parentes se afastaram, as obras no sitiozinho paralisadas. Abriu um restaurante a quilo perto da Prefeitura, trocou o Fox por uma Doblò, a crise econômica irrompeu voraz, pensou em retornar para os Estados Unidos, mas então a mulher engravidou do Kayo, perdeu o ânimo, esmoreceu, ensimesmou-se. Sábado à tarde, após baixar as portas do restaurante, regressava para casa e embriagava-se sozinho, resmungando junto à churrasqueira apagada, Paisinho de merda! Sempre que falava com Volnei, dizia, Se você pensar em voltar, eu te mato, está ouvindo!? As brigas com Karina tornaram-se constantes, pela insistência com que propagava que, assim que encorpassem, mandaria os filhos embora para o estrangeiro, Aqui nesta bosta não ficam não!, berrava. Mal completara a maioridade, Vantuil colocou Juninho, seu cunhado, num voo para Boston, via Panamá, e fez o Volnei prometer que ajudaria o rapaz, que, por sua vez, haveria de auxiliar os meninos dele, no momento certo. Ah, se arrependimento matasse!, Vantuil, cabelo e barba grisalhos, gordo, desleixado, amargo, lastimava, ao despedir-se do Juninho no aeroporto de Confins, em Belo Horizonte. Alex decorara essa história, de tanto ouvi-la ao longo de desolados sábados, quando acordava com o cheiro de fumaça da churrasqueira portátil e encontrava o Volnei no *backyard*, copo de caipirinha na mão, entretido em assar uma peça de picanha ou de lagarto, que adquiria num açougue brasileiro, em Everett.

18 — Atração e repulsa

O Pai gostava muito de gatos — desenvolvia com eles uma relação ridiculamente paternal —, mas demonstrava fascínio mesmo por passarinho. Todas as vezes que o acompanhavam à loja para comprar ração e areia, o Pai dirigia-se de maneira imperceptível à seção de pássaros ornamentais e quedava embevecido frente às gaiolas dos canários-belgas, diamantes e manons — não ligava para as calopsitas e cacatuas, muito exóticos, segundo ele. Quando, no entanto, os filhos embirravam implorando para levar algum deles para casa, o Pai, irritado, desconversava, São inimigos, gato e passarinho, não combinam... Tal e qual o Pai com militares, constatavam, admirados... Ao avistar, ainda que de longe, qualquer pessoa "enfardada e engarruchada", como zombava, de imediato eriçava-se, desviando os passos e esconjurando. Sua antipatia estendia-se até a filmes de guerra e de faroeste, Uma bobajada sem tamanho, desdenhava. Para forçar a dispensa do Bruno de servir o Exército, não titubeou em pagar por um atestado médico, num dos inúmeros consultórios suspeitos da rua Barão de Itapetininga, que declarava o filho asmático — uma vergonhosa fraude para um adolescente atlético e saudável... Na vez de Alex, o embuste tornou-se desnecessário, porque, ao apresentar-se no tiro-de-guerra de Santana, pálido e descarnado, constataram-no portador de pés chatos... Exultante, o Pai até cometeu uma "loucurada": sem reclamar, percorreu com Alex todo o comércio calçadista da rua Voluntários da Pátria, ao longo de uma manhã ensolarada de sábado, atrás de um par de tênis Reebok para presenteá-lo...

19 — *Passagem do Milênio*

Em meados de dezembro de 1999, o tio Gilberto, o Artista, emergiu na Casa Verde a bordo de um Vectra preto, zero-quilômetro, ar-condicionado, direção hidráulica, bancos de couro, teto solar elétrico, um luxo, e disse para o Pai que queria levar os sobrinhos para assistir a Passagem do Milênio em Cataguases. O Pai rechaçou a ideia, chegaram mesmo a discutir, discretamente, entre sussurros, por motivos que Alex não atinou, mas acabou autorizando aquela "loucurada". No dia 19, um domingo, despertaram cedinho, carregaram o carro com bolsas e malas, tomaram o café da manhã na padaria Reims, e despediram-se do Pai à porta da casa, ele nitidamente comovido por permanecer tanto tempo — uns vinte dias — longe dos filhos, coisa inédita. Às nove horas trafegavam pela Via Dutra, deixando para trás os edifícios, a poluição, o barulho de São Paulo. O tio ia contente, acompanhando com sua voz afinada as músicas que Roberto Carlos espalhava pelo som estereofônico do carro — Sou o último romântico, repetia, melancólico. Pararam para almoçar no Rei das Trutas, em Penedo, já no estado do Rio de Janeiro. Alex e Jaqueline não gostavam de peixe, comeram fetutine ao molho de tomate, mas o tio Gilberto, o Artista, ficou felicíssimo em dividir uma truta à Belle Meunière com o Bruno, que então comportava-se como rapazinho ajuizado, compreensivo e magnânimo perante os irmãos mais novos. Depois, passearam pela Pequena Finlândia, onde saudaram, na entrada, o enorme Papai Noel com seu trenó, e percorreram as vielas estreitas, entre casas coloridas, lambuzando-se de sorvete comprado numa gelateria de nome estranhíssimo, Tonttulakki Jäätelö. O tio Gilberto, o Artista, não media custos para agradá-los, a carteira recheada de dinheiro: saíram de lá por volta das quatro horas da tarde atulhados de lembrancinhas — chocolates, camisetas, canecas — e presentes de Natal para os avós. Alex e Jaqueline, que viajavam no banco de trás, apesar de excitados, logo adormeceram, embalados pelo monótono ronronar do motor do Vectra. Alex veio a despertar, subitamente, parados no acostamento, em meio ao nada, Jaqueline vomitando o que havia engolido. No breu da noite, vagalumes relampejavam, grilos mastigavam o silêncio. Quando o tio Gilberto, o Artista, varreu a escuridão, a luz da lanterna revelou um enorme sapo que, imóvel, fartava-se, lançando a ágil língua para capturar os insetos que voejavam às dezenas em torno dele. Alguns quilômetros adiante, em Além Paraíba, estacionaram num posto de serviços para a Jaqueline lavar o rosto, a boca, e o tio Gilberto, o Artista, comprou um frasco de odorizador que espalhou pelo carro para tentar tirar o cheiro azedo que permanecia, mesmo viajando com todas as janelas escancaradas. Nessa viagem, a avó Constança descobriu, horrorizada, que Jaqueline e Alex ainda não tinham feito a primeira comunhão — desde o sumiço da mãe, o Pai afastara-se da Igreja. Influente na paróquia de São Cristóvão, conseguiu que tomassem lições básicas de História Sagrada e Liturgia com a dona Coelha Catequista, como a apelidaram por conta dos enormes óculos e dos dentes salientes, para que pelo menos pudessem frequentar as missas do galo e de Santa Maria Mãe de Deus sem incorrer no risco de cometerem alguma blasfêmia. A Passagem do Milênio, aliás, redundou em desmedido fracasso. No dia 31 à tarde, o avô Aléssio, que naquela altura já se encontrava entrevado, dilacerado pelo mal de Alzheimer, o quarto fedendo a mijo, remédio e velhice, piorou, e o tio Gilberto, o Artista, transportou-o às pressas para o hospital, enquanto a avó mantinha-se acabrunhada em casa, tomando conta das crianças. Por volta das onze horas da noite, o tio retornou com compras: depositou a sacola com meia dúzia de taças de plástico na mesa da cozinha, colocou duas garrafas de vinho e uma de champanhe na geladeira e pôs as duas tortas congeladas — palmito e frango — no forno para esquentar. Tomou banho, trocou de roupa, perfumou-se, e liderou-os ao terraço, de onde se descortinava a vizinhança da Taquara Preta toda iluminada. À meia-noite, estourou a champanhe e serviu um pouquinho para os sobrinhos, Só pra brindar, sob protestos da avó, que trazia no colo a Pitica, uma puldo pequena e mimadíssima, enrolada num cobertor, tremendo de medo por causa do barulho dos fogos. Feliz Ano Novo! Feliz Ano Novo!, o tio Gilberto, o Artista, gritava, tentando contagiar a mãe, pesarosa pelo marido sozinho internado. De repente, sentiram cheiro de queimado! O tio acudiu e retornou com as duas tortas, que, embora quase carbonizadas nas bordas, continuavam frias no meio, e repartiu-as, entre risos e chacotas. Passava um pouco da primeira hora do século XXI, quando o tio Gilberto, o Artista, beijando a avó Constança na testa, anunciou que ia dar uma volta, espairecer a cabeça, e saiu com as duas garrafas de vinho agasalhadas nos braços. No dia seguinte, o avô ganhou alta, e regressou começo da noite no Marea Weekend do tio Roberto. Ele entrou na casa, ajudou a colocar o pai na cama, cumprimentou sem entusiasmo os sobrinhos, a avó explicou, Estes são do Dagoberto, e retirou-se, sem aceitar o copo de água ou a xicrinha de café oferecidos. Voltaram de ônibus para São Paulo, o Pai esperava-os ansioso na rodoviária do Tietê, Jaqueline sentiu náuseas ao longo de todo o percurso, só não vomitou porque, seguindo o conselho da avó, viajou cheirando um limão-galego.

20 — *Perdendo a fé*

O Pai acompanhou interessado o relato daquelas férias, contado de maneira bastante fragmentada, ao longo dos dias, com parcimônia pelo Bruno, com eloquência pela Jaqueline, com imaginação por Alex. Naqueles tempos, embora introvertido, Alex expunha-se fantasista, como dizia o Pai, pois sempre coloria as histórias, acrescentando gestos, sons e graça às narrativas. O Pai achou particularmente cômica a descrição da dona Coelha Catequista, de imediato identificando-a com uma sua contemporânea, dos tempos do grupo de jovens, que desde a adolescência vestia e portava-se como velha e já arrastava, amarrado ao seu nome, o cabelo em coque, o título de dona, dona Claudinha Rocha. Entretanto, ele mostrou-se melindrado quando Jaqueline falou que a avó condenava o seu afastamento da Igreja. Como de feitio, nada comentou, mas invariavelmente deixava claro, com seu mutismo, que não admitia a ideia de que alguém "de fora" se intrometesse nos assuntos do "estrito núcleo familiar". Pouco a pouco, assistiu o sobrado transformar-se, "literalmente", numa "babel religiosa", como dizia, meio jocoso, meio incomodado. Pelas mãos da Rivânia, que frequentava as missas do padre Marcelo Rossi no Santuário Mãe de Deus, Bruno reaproximou-se da Igreja; Jaqueline, que por uns tempos sentiu-se fascinada pelos ensinamentos da Seicho-No-Ie, virou crente após conhecer Vânderson, membro da Igreja Maranata. O próprio Pai andou visitando, às escondidas, um centro espírita kardecista na avenida Casa Verde, no qual um médium dizia receber mensagens psicografadas do avô Aléssio. Já Alex cedo se desinteressou por religião. Logo após o sumiço da mãe, costumava rezar em silêncio, pedindo a Deus que ela regressasse logo. Juntava as mãos e emendava frases curtas, em que fazia votos de renúncia: nunca mais tomar Coca-Cola, doar para algum menino pobre seus bonecos do Comandos em Ação, deixar de assistir os jogos do Palmeiras na televisão... Mas sempre terminava quebrando o compromisso, por esquecimento ou por fraqueza de ânimo, e então acreditava que a mãe não voltava por culpa sua e martirizava-se, jurando pactos cada vez mais impossíveis de serem cumpridos.

Certa feita, permaneceu dez dias sem tomar banho — cerrava a porta, abria o chuveiro e ficava observando impassível a água escorrer pelo ralo. Quando começou a feder, Bruno denunciou-o ao Pai, que o arrastou para o banheiro, enquanto ele contestava desesperado, sem poder explicar sua atitude, a mãe era tema vetado na casa. O Pai o colocou à força dentro do boxe e levou mais de meia hora arrancando a caraca de sua pele, esfregando-o com uma bucha. Com o passar dos meses, percebendo que a mãe não retornava, baniu de seus pensamentos, de uma só vez, ela e Deus, julgando ambos injustos e maus.

21 — Romantismo

No começo, Alex não se interessara por Kate. Reparou que, muito branca, os braços e pernas, esguios e magros, assim como seu pescoço císneo, pareciam desconformes com seu pequeno rosto encimado por cabelos pretos e finos. No entanto, começou a perceber que, perto dela, seu corpo fraquejava, suava frio nas mãos, nos pés e na testa, receava gaguejar. Fascinava-o seu sorriso triste, seu desvelo pelos outros. O sumiço da mãe tornara-o desconfiado em relação às mulheres — e sua má experiência com Jéssica ampliara essa inquietação. Antes dela, sustentara paixões platônicas, e, depois, somente namoricos sem consequência, beijos roubados de meninas pudicas, bolinações em colegas extrovertidas, sexo raro e afobado com uma vizinha, casada, cujo computador consertava. Nos Estados Unidos, pouco contato tivera com brasileiras, e as americanas com quem lidava demonstravam por ele desprezo ou asco. Chegou a se envolver, ainda que brevemente, com Daniela, goiana que conheceu num churrasco beneficente quando ainda morava em Framingham. Ela vivia em Lowell e trabalhava como *baby-sitter*, a dezesseis dólares a hora, na parte norte de Boston, entre Lawrence e Amesbury. Expansiva, exuberante, Daniela participava intensamente das atividades da comunidade — chegou mesmo a arrastar Alex para uma festa junina em Allston... Com ela, Alex sentia-se sufocado, constrangido. Fora Kate quem, impulsivamente, tomara a iniciativa de o convidar para um encontro. Mais tarde, ela recordou que quase todo domingo, depois da missa das nove, Alex ficava rondando o salão paroquial, calado, olhar comprido, até sair correndo para o trabalho. Isso durou parte do verão e todo o outono. Em meados de janeiro, ela propôs que almoçassem no China Delight, e, após esse encontro inaugural, no qual, sem que atinasse, afinal Alex ainda um desconhecido, expusera-se, vulnerável, parecia que algo reavivara dentro dela. Daí para a frente, passaram a desfrutar juntos quase todos os fugazes momentos de *day off*. Sob a capa rude, Kate revelou, para o próprio espanto, uma natureza romântica. Por sua iniciativa, vagaram, braços dados na Davis Square; deslizaram de pedalinho pelas águas esverdeadas da lagoa do Public Garden; e, no outono que se avizinhava, planejava pegar o carro, uma Trailblazer 2007, para conhecerem o Museu da Baleia, em New Bedford, ou, quem sabe, dirigir até Vermont, Dizem que é muito bonita, a paisagem... Estou me tornando uma gastadeira, Kate ironizava, copo de cappuccino da Starbucks na mão. Econômica, certa feita Alex acompanhou-a a Wrentham, onde entrou e saiu de vários *outlets* sem nada adquirir, no fim optava mesmo por comprar suas roupas e sapatos, de segunda mão, na Savers, em Saugus. Enfrentei muitas dificuldades aqui no começo, lembrava, Prefiro salvar meu dinheiro, não sei do dia de amanhã... Pela primeira vez na vida, Kate sentia necessidade de abrir-se, e Alex, de pouco falar, revelou-se um confidente perfeito.

22 — Por um fio

Até morrer de complicações do diabetes, dona Rosário insistia que o Pai devia arrumar uma companheira, É triste o deserto da velhice, aconselhava. Depois do sumiço da mãe, o Pai chegava da Voith, onde trabalhava como ferramenteiro, tomava banho, jantava e reclinava-se a meia-luz na poltrona verde, exclusiva dele — mais tarde dividida com a Sacizinha, gata preta, feia e manca que surgira na garagem ainda mamona e que, apesar de acharem que não sobreviveria, tornou-se o mais longevo e lendário dos felinos que possuíram, ainda hoje encontrava-se lá, surda e despelada. Sábado, o Pai acordava cedo, fazia as compras da semana na feira-livre da rua Mourão Vieira, a poucas quadras de casa, voltava, enchia a caixa de isopor de gelo e latinhas de cerveja, e ia lavar o carro. Depois do almoço, enfiava-se num pijama de flanela xadrez e só o tirava para ir para o serviço, na segunda-feira de manhã. Rueiro, Bruno envolveu-se desde cedo com as turmas do *muay thai* e do futebol de salão; caseira, Jaqueline convidava colegas da escola para brincar, e, mais tarde, adolescente, rumava para as reuniões dominicais da Seicho-No--Ie, no Imirim. Só Alex, muito pequeno, permanecia sozinho no sobrado. Quieto, despendia horas e horas em imaginárias batalhas com seus bonecos do Comandos em Ação. Com pena, dona Rosário, muitas vezes, carregava-o para seu apartamentinho na Brasilândia, onde, com os meninos da vizinhança, aprendeu a andar de bicicleta e descobriu palavrões escabrosos. Ao receber um Atari de presente de aniversário de nove anos, dado pelo tio Gilberto, o Artista, Alex enfurnou-se de vez em seu quarto, viciado na "loucurada" dos jogos eletrônicos. Durou anos a apatia do Pai, que findou apenas quando o Bruno propôs a instalação de uma lanchonete no térreo. Então, remoçou. Todos os dias, ao chegar do trabalho, passava antes na obra, para "fiscalizar a reforma", como caçoava dona Rosário. Em seguida, ocupou-se da ampliação do sobrado — na época que o segundo andar ficou pronto para a mudança do Bruno, a Jaqueline anunciou o noivado, obrigando-o a começar de imediato a construção do terceiro andar. O Alex vai ficar com o primeiro andar, porque, quando pensar em casamento, já não estarei mais por aqui, advertia, tristonhamente irônico — ele tinha muito medo de morrer. Nos fins de semana, o Pai abria o armário de aço cinza, cheio de ferramentas úteis e inúteis, que permanecera esquecido, trancado à chave, e caçava serviços para executar — consertos de vazamentos, reparos de piso, ajustes de móveis, trocas de lâmpadas. E toda noite, antes de se recolher, descia à lanchonete, e, dirigindo-se ao Bruno ou ao Vânderson, perguntava: E aí, como foi a féria? Então, galgava as escadas e ia dormir, satisfeito. A chegada dos netos fez boiar o carinho nunca demonstrado aos filhos, com quem praticava um amor incondicional, paciente, mas comedido. Sabiam que podiam contar com ele, sempre disposto a qualquer coisa para contentá-los, mas, reservado, desestimulava conversas camaradas, rejeitava tons confessionais. Os almoços eram agora no Bruno, o Pai adorava a comida da Rivânia, e, à cabeceira, rodeado pela família, acreditava-se a pessoa mais feliz do mundo. Sua vida parecia finalmente aprumar-se. Fazia planos de se aposentar em breve: com tempo, pretendia revisitar Cataguases, resgatar a parentalha, quem sabe até conhecer um país estrangeiro, por que não?, nosso dinheiro andava valorizado... Porém, tudo desmoronou naquela manhã, avisaram-no na Voith que retornasse a casa, a lanchonete havia sido assaltada... Escoltado por um pressentimento ruim, o Pai pegou o carro e, coração desritmado, demorou mais de quarenta minutos para alcançar a rua Saguairu. Bloqueada por uma grande aglomeração, o Pai estacionou duas quadras antes e, à medida que se aproximava do sobrado, curiosos abriam passagem, murmurando zumbidos ininteligíveis. Caminhou devagar, as pernas pesadas, até entrever, em meio a rostos estranhos que obstruíam a frente da lanchonete, dois corpos tombados, o vermelho escuro ultrajando o branco do ladrilho. As vistas anuviaram, cambaleou, alguém o amparou, carregaram-no escada acima, depositaram-no na poltrona verde, deram-lhe um copo de água com açúcar, afundou num silêncio movediço. Avisado, o tio Gilberto, o Artista, acompanhou o enterro do Bruno no cemitério Chora Menino, despachou o caixão do Vânderson para Colatina, no interior do Espírito Santo, acompanhou a Rivânia por repartições públicas para tratar das pensões do marido e do concunhado. Enquanto isso, Jaqueline naufragava nas trevas da depressão. Depois, o tio Gilberto, o Artista, também desapareceu. Não se encontrava por perto quando a Jaqueline anunciou, atônita, estar grávida de três meses, nem quando o Pai teve o derrame, e nem quando, intimidado, Alex embarcou num voo da United, no aeroporto de Cumbica, rumo aos Estados Unidos.

23 — O Artista

Não chamavam o tio Gilberto de "O Artista", claro. O apelido, dado pelo Pai, mencionavam-no apenas às costas. Mas, se Alex, Bruno e Jaqueline, e dona Rosário, referiam-se a ele com carinho e orgulho, o Pai dizia-o com gaiatice. Nunca compreenderam a tensão havida entre os dois irmãos, todas as visitas terminavam em desentendimentos, embora as discussões, sem motivo aparente, ocorressem de forma discreta, entre sussurros. Nenhum deles testemunhara altercação alguma, apenas adivinhavam-na, porque, da mesma maneira que o tio surgia, partia, sem que soubessem de onde, nem para onde. Esse homem parece um cometa, dona Rosário maravilhava-se. Alex acostumara-se a essas passagens erráticas: o tio podia aparecer duas vezes num só ano e permanecer por uma semana, dez dias, e depois ausentar-se por largo período, sem que dele tivessem qualquer notícia. Setembro sempre, porque era aniversário do Pai. E de nada adiantava ligar para Cataguases, a avó Constança invariavelmente respondia, O coitado do Gil está fora, trabalhando. Mas, Alex sabia, uma manhã acordaria ouvindo uma voz simpática na cozinha e, lá chegando, se defrontaria com os olhos azuis do tio, um palmo mais alto que o Pai, sempre impecável, *blazer*, calça *jeans*, camisa e sapato social; unhas limpas, rosto escanhoado, cabelos penteados; cordão fino de ouro no pescoço com medalhinha de Nossa Senhora das Graças; relógio "Beguelin, suíço, antigo, 25 rubis"; carteira de couro recheada de dinheiro. Para cada sobrinho, uma "lembrancinha" — na verdade, presentes inacessíveis, o Pai ganhava bem na Voith, mas considerava aquela "gastança" uma "loucurada", preferia economizar investindo em cadernetas de poupança, Vocês ainda vão me dar razão, advertia. Se o tio Gilberto não se esquecia nem dos gatos — eles se deleitavam com as latinhas de ração úmida e os saquinhos de petiscos —, muito menos da dona Rosário, contemplada com um envelope inchado de notas, que rápido dobrava e enfiava nos peitos, enormes, Quando esse homem chega, uma luz se acende, ela abraçava-o e beijava-o, agradecida. Às vezes, reunidos para o almoço de domingo, alguém evocava, E o tio Gilberto, heim?!, e todos suspiravam, saudosos. O Pai desconversava quando indagavam a respeito do tio, o que fazia, por que não se casara, por que vestia-se sempre como para uma reunião, Perguntem a ele, irritava-se. Porém, não perguntavam. Sua presença marcante, ainda que eventual, bastava para fasciná-los. O respeito e a admiração que angariara muito devia-se também ao halo de mistério que o envolvia. Se não falava de si, Alex concebeu o retrato da família do Pai por meio das informações fragmentadas fornecidas pelo tio. Roberto morava numa casa imensa no Santa Cristina, em Cataguases, e havia enriquecido, subentendia-se, com propinas coletadas no posto da Polícia Rodoviária Federal, em Leopoldina, onde tirava serviço. Emília, mulher dele, tocava uma loja de roupas elegantes no Centro, e, desdenhosos, ambos propalavam aos quatro ventos que os três filhos iam "ser coisa na vida": o primogênito inclusive já estudava medicina em Campos, no estado do Rio de Janeiro, e a do meio, Miss Cataguases, esteve entre as semifinalistas do Miss Minas Gerais. O Pai e o tio Gilberto eram de mal com ele. Orgulho demonstravam pelo caçula temporão, o Heriberto, formado técnico agrícola em Rio Pomba, que há décadas se radicara em Mato Grosso, administrando um vasto negócio de soja em Nova Mutum — o mais inteligente da família, o tio proclamava, corroborado pelo Pai, Sim, o mais inteligente! A última vez que o Pai o encontrara, ele era adolescente ainda... Perdera contato com Heriberto, assim como com a única irmã, Betina, que casou e mudou-se muito jovem para o Rio Grande do Sul, acompanhando o marido, eletricitário, empregado na termelétrica de Candiota, na fronteira com o Uruguai. A avó, ao telefone, sempre encerrava a conversa lastimando a distância que separava uns dos outros. Elogios reservava apenas para o "coitado do Gil", único que, segundo ela, empenhava-se em remendar os laços despedaçados... Algum sinal do tio Gilberto?, Alex indagava nas conversas pelo Skype, Não, Rivânia respondia, nenhum sinal. Esclerosada, a avó Constança só lamentava, O Gil, coitado, está fora, trabalhando.

24 — Insônia

Desde o sumiço da mãe, Alex padecia de insônia. Preferia manter-se acordado, a luz do quarto acesa, a enfrentar os terríveis pesadelos que o acometiam mal cerrava os olhos. Assim que o sol se punha, sentia o peito tremular, tão forte o coração pulsava. Quando adolescente, ainda se refugiava nos mundos imaginários dos jogos eletrônicos, dos quais afastou-se ao começar a trabalhar numa oficina de manutenção de computadores durante o dia e cursar faculdade à noite. Regressava exausto, e, apavorado com a cercania do sono, executava rituais protelatórios. Enquanto esquentava o prato de comida no micro-ondas, arrumava o jogo-americano na mesa, ordenava talheres, copo e guardanapos, pegava uma garrafa de Coca-Cola na geladeira. Depois, sentava-se para jantar, demoradamente. Ao término, lavava a louça, enxugava, recolocava tudo no lugar. Dirigia-se ao banheiro, escanhoava o rosto para tirar as penugens a que chamava barba, tomava banho. Só então se recolhia. Muitas vezes, a madrugada se surpreendia com Alex estendido na cama, mãos cruzadas sob a cabeça, olhos fixos no teto, onde pensamentos volteavam, antecipando agonias. Outras vezes, Alex debruçava-se à janela da área de serviço e ficava a observar a Casa Verde mergulhada nas sombras. De quando em quando, acendia-se a lâmpada de alguma casa, um cachorro latia, um bebê chorava, um carro passava devagar, mas logo a quietude assentava novamente por entre os telhados vermelhos dos sobrados. Alex tentava adivinhar impossíveis estrelas no céu cinza de São Paulo. Onde estaria a mãe, agora? Sem fotografias, evocava aquela única lembrança nítida, ele, receoso, agarrado às escadeiras dela, dentro das águas mornas do rio Niquim, em Alagoas, os rostos quase colados, o perfume fortíssimo, quantos anos tinha?, quatro, talvez... Bruno e Jaqueline brincavam, espirrando água um no outro. Do bar, vigilante, o Pai zelava por todos, tomando cerveja. Pareciam tão felizes!... A mãe sumira numa tarde de segunda-feira fria de agosto, ninguém em casa: Bruno treinando *muay thai* na Casa Verde Alta, Jaqueline brincando na casa de uma amiga nas imediações, Alex na

Corujinha Feliz, o Pai no trabalho. Saiu sem nenhum pertence, apenas a roupa do corpo e a bolsa com dinheiro e documentos, para nunca mais voltar. De nada adiantaram os desesperados esforços para localizá-la: o Pai interrogou conhecidos, percorreu hospitais e necrotérios, acionou a polícia, sem sucesso. No terceiro dia, o tio Gilberto, o Artista, apareceu e incumbiu-se das buscas. Grudado ao telefone, sem comer, sem tomar banho, o Pai aguardava, desassossegado, uma notícia, boa ou ruim, que botasse termo naquele martírio. No fim do quinto dia, o tio Gilberto, o Artista, surgiu, acompanhado de um tipo esquisito de terno e gravata, pegou o Pai e saíram. Regressaram cerca de três horas depois, sem o sujeito, o Pai sentou na poltrona verde, calado, e ali adentrou a noite, bebericando vagarosamente, à caubói, da garrafa de Teacher's. Na manhã seguinte, sábado, ele despertou os filhos — barbeado, rescendendo a sabonete Phebo —, e disse, Levantem, Vamos passear no carro novo do Gilberto. Pularam da cama, surpresos, acalentando esperanças de reencontrar a mãe. Vestiram-se, engoliram o café da manhã e enfiaram-se sôfregos no Corolla azul. O tio apanhou a Rodovia Castelo Branco e por quase uma hora rodaram em completo silêncio. Logo depois de passar por Araçariguama, estacionaram num posto, e, enquanto o tio Gilberto, o Artista, enchia o tanque de gasolina, verificava a água do radiador e calibrava os pneus, o Pai conduziu-os para um canto do pátio. Mirando o horizonte, ele disse, de chofre, A mãe de vocês não volta mais. Os filhos permaneceram atordoados por instantes. Jaqueline, lamurienta, perguntou, A mãe morreu? Não, não morreu, ele respondeu, ríspido. Tomou fôlego e completou, Ela... ela foi embora... Então, o Pai abaixou-se e envolveram-se todos num longo abraço apertado. Jaqueline e Bruno desataram a chorar e Alex, sem compreender muito bem o que ocorria, contaminou-se. A voz embargada, o Pai tartamudeou, Daqui pra frente somos só nós quatro... Em seguida, desenganchando-se dos filhos, limpou o rosto, falou, Agora, chega!, Vamos viver nossa vida! E, suspendendo Alex ao colo, empurrou-os de volta para o carro. Nunca mais tocou no assunto. O tio dirigiu até Tatuí, tentando chamar a atenção dos sobrinhos para isso e aquilo, mas eles permaneciam encastelados em sua mudez, e a certa altura ele também resolveu se calar. Depois, retornando pela Rodovia Raposo Tavares, pararam para comer macarronada na Estrada do Vinho, em São Roque, quando animaram-se um pouco. O domingo acordou Alex com barulhos vindos do quarto contíguo. Trancado, o Pai arrastava móveis, abria gavetas da cômoda, fechava portas do guarda-roupa. O tio Gilberto, o Artista, mandou que se arrumassem e, deixando o Pai sozinho em sua faina, despenderam o dia fora. Primeiro, perambularam pelo Parque Ibirapuera, onde nunca haviam pisado; depois, almoçaram numa churrascaria de rodízio na Marginal Tietê; em seguida, gastaram o restante da tarde no Shopping Eldorado — tomaram sorvete, divertiram-se no Parque da Mônica, assistiram o filme Pocahontas. Quando retornaram, começo da noite, não sobrara resquício da mãe na casa. O Pai retirara todos os objetos associados a ela (roupas, calçados, maquiagens, perfumes, adereços, retratos), colocara em sacos de lixo e levara para o Exército de Salvação, na Saúde. E, a partir daí, a vida moveu-se como um navio avariado.

25 — *Cheiro de goiaba*

Quando Kate tinha dezesseis anos, o cunhado, doze anos mais velho, passando de carro "por acaso" em frente ao Colégio Imaculada Virgem Maria, em Prudentópolis, onde estudava, ofereceu-lhe carona. Kate aceitou, pois ele apresentava-se sempre gentil e solícito, mas em vez de encaminhá-la para casa, desviou para a rodovia que leva a Irati. Apesar de assustada, admitiu a explicação, de que queria mostrar um sitiozinho que pensava negociar, segredo ainda. Alguns quilômetros após o trevo, no meio do nada, ele entrou numa estrada vicinal, estacionou sob um eucaliptal, e tentou beijá-la. Apavorada, Kate pediu que parasse, mas, como ele insistisse em agarrá-la, apertando com força seus braços e seios, ela começou a gritar e se debater, conseguiu abrir a porta e saiu correndo. Sobressaltado, o cunhado seguiu-a, mandando que se acalmasse, prometendo que iriam embora, dizendo, Desculpa, não sei onde estava com a cabeça, me desculpa... A custo, Kate se conteve, e, tremendo e chorando, sentou no banco de passageiro, enquanto, mudo, o cunhado dirigia de volta à cidade. Experimentando ao mesmo tempo raiva e culpa, remoeu alguns dias a dúvida sobre se relatava o acontecido, pois amava a irmã, Francielly, Francis, e o sobrinho de seis anos, Matheus, e sabia que aquele fato poderia desencadear um imenso escândalo. Enfim, mesmo à custa de umas palpitações que surgiram e nunca mais a largaram — o médico do convênio diagnosticara, Doença de mocinha, não se preocupe —, preferiu se calar. No entanto, talvez encorajado pelo silêncio, o cunhado tornou a importuná-la. Na frente de todos, presenteava-a com "coisinhas" — um porta-retrato, uma sandália, uma gargantilha —, que ela, contrafeita, aceitava. Adoro minha cunhadinha, ele falava, cínico, pousando "inocentemente" a mão em sua coxa quando conversavam sentados no sofá... E, longe das vistas, prensava-a contra a parede, quando cruzava com ela nos corredores da casa, mesclando juras e ameaças... Acossada, Kate resolveu denunciá-lo à mãe, que, ao invés de ficar do seu lado, quedou-se, lamentosa, dizendo que isso que dava ela usar aquelas saias curtas, aquelas calças apertadas, que ela não tinha modos, que atiçava olhares cobiçosos, que devia é mudar o comportamento, ser mais discreta, dar-se ao respeito...

Surpresa e indignada, Kate rebelou-se: de "princesinha" transformou-se em "adolescente difícil". Na escola, confrontava os professores, faltava às aulas; em seu quarto, entocava-se sozinha, no *microsystem*, último volume, Evanescence, Good Charlotte, Green Day, Blink-182. Nas férias daquele ano, "submissa a más companhias", passou a vestir-se unicamente de preto (camiseta, saia, meia-calça), franjas tapando os olhos pintados de preto, batom e esmalte preto, coturno cano longo, *piercings* no nariz e nos lábios. No início do ano letivo, recusando-se a colocar o uniforme e remover os adereços, desacatou a Irmã Rosa Veremchuk, diretora do colégio, e acabou expulsa. Assim, procurou o pai, que, divorciado, vivia em Guarapuava com uma nova família. Ao tomar conhecimento do ocorrido, ele recriminou a omissão da mãe, bradou, vociferou, anunciou que iria à polícia, mas nada fez, pois, embora bom, era medroso, temia que o genro, "oriundo de gente de posses", pudesse vir a prejudicá-lo em seu negócio de vendedor autônomo de carros... Abrigou Kate na modesta habitação da Vila Carli, contrariando a mulher, Arina, que a considerava péssima influência para suas duas filhas pequenas. Manipuladora, Arina envenenou o ambiente, inventando discórdias, alimentando bate-bocas, ameaçando abandonar o marido. Escondia comida no armário à chave, desligava o relógio de luz na hora que Kate ia tomar banho, trancava a porta deixando-a do lado de fora de casa, quando chegava bêbada, à noite. Contando com a passividade encabulada do pai, Arina converteu sua existência num pesadelo. Kate pensou em fugir para Curitiba ou São Paulo, mas o que faria naquelas cidades, se não possuía nem mesmo o diploma do ensino médio? Se queria se desvencilhar do passado, preencher um caderno novo, limpo, longe de tudo e de todos, deveria antes se planejar. Então, instigada por um vizinho, cujo irmão trabalhava como *handyman*, em Miami, decidiu aventurar-se nos Estados Unidos. Dessa época conturbada, restou uma lembrança nauseante. Havia duas goiabeiras no quintal e, no verão, os frutos maduros espatifavam no chão e apodreciam bem sob a janela de seu quarto minúsculo. O cheiro adocicado, enjoativo, às vezes aflorava, subitamente, onde quer que estivesse, evocando aqueles dias em que a solidão, a raiva e a tristeza a abraçavam, como uma cobra à sua presa.

26 — A morta viva

No Brasil, Alex distraía dos dias em preocupações corriqueiras, fosse nas lides do trabalho ou nas funções da faculdade, fosse nos fins de semana, quando ajudava o irmão e o cunhado na lanchonete ou auxiliava o Pai nas infindáveis reformas do sobrado. De tal maneira que, contradizendo sua natureza taciturna, acabava relacionando-se obrigatoriamente com os outros. Porém, nos Estados Unidos, ninguém falava com ele. No restaurante, os colegas, que só conversavam em espanhol entre si, excluíam-no das confabulações, visto que não o consideravam latino, e, portanto, supunham, não devia comungar dos mesmos interesses, que giravam em torno do anseio de regressar vitoriosos a seus países ou, paradoxalmente, de arquitetar meios para trazer os parentes para junto deles. Nas ruas, entretanto, os americanos identificavam-no como hispânico, um corpo estranho, tratado com indiferença ou hostilidade. Assim, mais e mais, entocava-se em sua caverna de amarguras. Em casa, ouvia paciente as histórias do Volnei, que afiguravam-se sempre altissonantes, referissem às necessidades que passavam em Santa Maria do Baixio — E havia gente em pior condição, acredita?, que não tinha o que comer, onde morar... —, ou os desacertos do Vantuil em Coronel Fabriciano, ou as conquistas amorosas de "*brazucas* carentes", como alegava. Ele parecia adaptado àquela vida de desterrado e nem cogitava voltar, até porque o Brasil já não oferecia nenhum atrativo. Ao contrário, as notícias que circulavam revelavam a extensão do pântano de corrupção, violência e ressentimento em que se afundava o país. Todos os dias, empurrados pela desesperança, a comunidade avolumava. Chegado há menos de um mês, Juninho, sem saber uma única palavra em inglês, dissipava o tempo assistindo os programas da Record Americas, provocando profunda indignação em Volnei, que não perdoava o que chamava de preguiça do concunhado, quando, na verdade, tratava-se de um temor paralisante, que Alex compreendia, pois também já trilhara aquele caminho. Agora, o que o atemorizava era, quando conseguia domar a insônia, a erupção de sonhos com a mãe. Encontrava-se num lugar qualquer, de repente avistava-a, o mesmo rosto daquela manhã em Alagoas, seguia-a à distância, sem coragem para se apresentar, até que num determinado ponto ela se esfumava. O cenário variava, mas não o entrecho. O Pai apagou qualquer rastro da mãe. Mesmo Bruno, quem mais conviveu com ela, recusava-se a rememorá-la. Quando alguém, dona Rosário ou mesmo Rivânia, tentava lhe arrancar algo, ele, normalmente tranquilo e cortês, transfigurava-se, e, nervoso, emudecia. Caso insistissem, perdia a paciência, e, rosto apimentado, se retirava. Quando não se achava por perto o Pai ou o Bruno, Jaqueline gostava de falar sobre a mãe. Mas a mãe que descrevia era inteira criação sua. Explicava, para quem perguntasse, que ela morrera acometida por uma doença rara, até compôs um nome, "cancreatite", possível corruptela de "pancreatite", palavra que deve ter ouvido na época, ou mesmo junção de "pancreatite" e "câncer", sabe-se lá... Com o tempo, Jaqueline convenceu-se tão a sério de sua história que o Vânderson só descobriu a verdade — que a sogra havia sumido e não falecido — depois do casamento, e ainda assim por mero acaso. Quando estudante, no Colégio do Matão, os colegas, buscando humilhar Alex, insinuavam que a mãe tinha fugido com outro homem, por não suportar o marido e os filhos. Alex, no entanto, preferia pensar que ela tivesse voltado para o Ceará, de onde veio, estava escrito na certidão de nascimento, Filho de Dagoberto Corrêa Bortoletto, natural de Cataguases, MG, e Adalgiza Pereira dos Santos, natural de Monsenhor Tabosa, CE — essa, a única informação que possuía dela. Até o tio Gilberto, o Artista, sempre disposto a palestrar sobre qualquer coisa, negaceava do assunto. Às vezes, Alex questionava dona Rosário, mas, como não sabia de nada, ela apenas aconselhava que rezasse pela alma da mãe, como eu rezo, enfatizava, recomendando-a a Nossa Senhora do Rosário, santa de sua predileção, a quem fora consagrada, como se a mãe houvesse efetivamente morrido... Por fim, conformou-se, melhor considerá-la finada, poupava esforços para elucidá-la para si e para os outros. Kate acreditava que Alex ficara órfão aos cinco anos, Do que morreu sua mãe?, ela indagou, Do coração, a resposta na ponta da língua, tantas vezes repetida.

27 — Rastros

Kate se desligara completamente da família. Ao chegar nos Estados Unidos, manteve contato por um curto período com o irmão, Jocélio, mas também dele se afastou, pela insistência com que teimava em reconciliá-la com a mãe, usando mesmo de chantagem, Ela ficou doente, voltou a ter aquelas crises de angina... Mas Kate não conseguia perdoá-la, nem ao pai, desprezava ambos, pela hipocrisia, pela omissão, pela covardia. Sofria mais ainda pela atitude da irmã, que a culpava pelas investidas do marido canalha — pior, que nunca acreditou nas investidas do marido canalha. Caçula de três irmãos, Kate tinha nela um espelho, macaqueava-lhe gestos e atitudes, sonhava em quando crescer ser bonita como Francis, inteligente como Francis, decidida como Francis, chique como Francis. Ao nascer o Matheus, chorou porque queria ser a madrinha, mas, nova demais, a irmã consolou-a, prometendo que, como certamente teria mais filhos, o próximo seria seu afilhado. Nunca imaginou que aquele mundo, que figurava tão sólido, descortinasse tão frágil. Quantas vezes, regressando para casa em Wakefield, pela Northern Expressway, após uma jornada cansativa que quase sempre começava antes do sol nascer, colocava Legião Urbana para tocar no som do carro, herança do gosto musical da irmã, e deixava-se sucumbir numa imensa nostalgia. No lusco-fusco, os faróis expunham brevemente as árvores que corriam ladeando a pista, formando vultos, como a evidenciar a própria solidão encoberta na penumbra. Passados dez anos, Kate se perguntava se Francis conservava-se linda, aquele olhão azul-piscina, aqueles sedosos cabelos castanho-escuros, o corpo perfeito... Teria tido outros filhos? Quem ela teria chamado para madrinha? E a mãe?, teriam cessado as crises de angina? E o pai?, permaneceria casado com a Arina? No entanto, nem sequer sabia se continuavam vivos... Na comunidade, reparava a origem dos recém-chegados, na esperança, quase sempre malograda, de encontrar algum paranaense — a maioria dos imigrantes composta por mineiros —, mesmo atinando que, caso se deparasse com um conterrâneo, e que por acaso fosse natural da sua região — coincidência improvável —, não buscaria notícias dos conhecidos, há muito apagara os rastros da sua caminhada para não se sentir tentada a percorrê-los em sentido inverso.

28 — Jaqueline

A ausência da mãe, mais que a Bruno e Alex, parecia ter perturbado Jaqueline de forma severa. Inicialmente, ela não admitia dormir sozinha — ressonava na cama do Pai, que depois a transportava nos braços para seu quarto. Apegando-se aos gatos e à dona Rosário, Jaqueline aparentou haver se conformado com a perda, embora se mostrasse sempre impregnada de certa melancolia. Mesmo não sendo vaidosa, dona Rosário gastava horas penteando-a, enrodilhando seus longos cabelos escuros em grossas tranças, disfarçando sua palidez com discretas camadas de ruge, vestindo-a com roupas que dissimulavam sua magreza. Porém, logo após o aniversário de quinze anos, comemorado com festança num bufê no Tremembé, Jaqueline começou a murchar — enclausurada, recusava-se a tomar banho, vomitava o que a obrigavam a comer. Dona Rosário sugeriu levá-la a um médico, o Pai repeliu o conselho, acreditava ser normal para a idade aquela tristeza, afinal, lembrava, em Cataguases também convivera com momentos de abatimento, quando reputava tudo inútil, desnecessário, irrelevante. As faltas de Jaqueline no colégio acumularam-se, chamando a atenção das colegas, entre as quais, apesar de reservada, era bastante popular, e até mesmo a do diretor, professor Tancredi, que telefonou para o Pai, convidando-o para uma reunião. Então, vencido, procurou um clínico geral que encaminhou o caso a um psiquiatra, que diagnosticou uma depressão, receitou fluoxetina e recomendou acompanhamento psicológico. Aquilo acarretou profundo desânimo no Pai, apavorado com a ideia de que a filha também estivesse marcada com o estigma de um distúrbio mental. Aos poucos, valendo-se dos ensinamentos do mestre Masaharu Taniguchi, absorvidos nas reuniões do templo Seicho-No-Ie, Jaqueline superou o que dona Rosário chamava de "provação". Tornou-se grata a cada instante vivido — e, positivista, estudou matemática à noite numa universidade privada na rua Vergueiro, enquanto trabalhava numa loja de roupas na avenida Paulista para financiar o curso. Formada, e aprovada num concurso público, foi designada para uma escola estadual no Jardim Damasceno, hora e meia de condução, sacrifício diminuído, meses depois, para quarenta minutos, quando o Pai financiou um Uno Mille de segunda mão para ela. Três anos mais e Jaqueline sofreu nova crise dos nervos, provocada pela decepção com a violência, desrespeito e desinteresse que enfrentava todos os dias: salas de aula depredadas, alunos displicentes, professores intimidados, tráfico de drogas nos arredores, salário baixo... Dessa vez, salvou-a do abismo o Vânderson... Vânderson era afilhado e vizinho da dona Rosário na Brasilândia e de vez em quando dava carona para ela até a Casa Verde, quando calhava de fazer a praça por aqueles lados — ele trabalhava como representante comercial de uma fábrica de caixas de papelão, de São Bernardo do Campo. No caminho, dona Rosário ia contando para Vânderson as histórias ocorridas na casa do "patrão", como se referia ao Pai. E enfatizava, talvez de propósito, os encantos de sua "menina", Jaqueline. O mesmo fazia com Jaqueline, enaltecendo o caráter laborioso e a honestidade do afilhado, e sublinhando sua beleza, Ele é um pão!, ela falava, usando gíria antiga, desconhecida de Jaqueline, que, no entanto, achava engraçado aquilo. Omitiu apenas o fato de Vânderson ser evangélico, mas dona Rosário acreditava que, fosse destino, esse "detalhe" não atrapalharia. Certa feita, afinal, encontraram-se, ela descendo as escadas esbaforida rumo ao ponto de ônibus — o carro, na oficina, problema na junta homocinética —, e ele despedindo-se da madrinha à porta do sobrado. Dona Rosário de imediato apresentou-os e percebeu, radiante, que ambos, cevados, demonstraram apreço um pelo outro. Vânderson ofereceu-se para levar Jaqueline até a escola, Não custa nada, ela recusou, Muito longe!, mas aceitou que ele a deixasse pelo menos na Parada Pinto, metade do caminho. Conversaram animados durante todo o trajeto e ainda tanto assunto sobrou que resolveram marcar novo apontamento — Realmente, ele era um pão, constatou Jaqueline; Realmente, ela era um encanto, constatou Vânderson. Começaram a namorar, Vânderson oficialmente introduzido na família — de princípio, sem o entusiasmo do Pai, incomodado por ele ser mulato e evangélico, mas logo conquistado por sua simpatia e correção, É uma pessoa distinta, proclamava. Por sugestão do Bruno, assim que ficaram noivos, Vânderson largou o emprego e com o dinheiro do fundo de garantia tornou-se sócio na lanchonete, ampliada e modernizada. E assim viviam todos, harmonicamente, como pombos arrulhando num pombal.

29 — Casamentos

Jaqueline e Vânderson renunciaram a viajar na lua-de-mel. Optaram por uma cerimônia simples no templo da Igreja Maranata que frequentavam, no Chora Menino, e no próprio salão organizaram uma discreta recepção. O Pai, Bruno, Rivânia, grávida da Bruna, dona Rosário e Alex compareceram, deslocados no meio de todos aqueles crentes — menos Evair, que, inquieto, correu e pulou e meteu-se entre as pernas de escuros ternos e saias longas. O casal preferiu usar o dinheiro oferecido pelo tio Gilberto, o Artista, para terminar de mobiliar a casa. Já para o casamento do Bruno com a Rivânia, realizado quatro anos antes, o tio, que adorava o sobrinho, também seu afilhado, gastou uma pequena fortuna — uma "loucurada", conforme o Pai. Conseguiu agendar a cerimônia na igreja de São Domingos, em Perdizes, onde os noivos, impecavelmente trajados (o vestido da Rivânia tinha uma cauda de três metros!), chegaram a bordo de um Ford Fairlane 1958, vermelho e branco, conversível, e foram acolhidos por um coral e um conjunto de naipes de cordas e metais, o corredor e as laterais da nave inteiramente decorados com rosas, lírios e astromélias brancas. Após a cerimônia, despencou sobre eles uma chuva de pétalas de rosas vermelhas e grãos de arroz. Em seguida, os duzentos convidados foram recepcionados num bufê na Pompeia, perto do estádio do Palmeiras — o bolo, enorme, glacê mármore verde e branco, ostentava no topo um casal em *biscuit*, ambos paramentados com o uniforme do time. A lua-de-mel decorreu num minicruzeiro entre Santos e Búzios, quando, acreditavam, Rivânia deve ter engravidado do Evair. O tio Gilberto, o Artista, prometeu para Alex que, quando casasse, ele iria presenteá-lo com uma viagem para a Europa — Paris para ver a Torre Eiffel, Roma para ver o papa, e Budapeste. Budapeste?! Sim, Budapeste, e ele pronunciava o nome da cidade como se degustasse um naco de romeu e julieta, doce que mais apreciava. Já foi à Europa, tio? Ele suspirava, dizia que não, e completava, Podia ter ido, podia ter ido, não tive cabeça, juízo, agora não dá mais, falta tempo, oportunidade, gosto. O Pai explicava sarcástico que o tio não fazia ideia de onde ficava a Europa e muito menos Budapeste, que o nome da cidade era uma alusão à filha de um húngaro que havia aparecido em Cataguases, ninguém sabia como nem por quê, e lá se radicara, casando com uma nativa, com quem teve uma filha, Bete, cujo nome verdadeiro era impronunciável, e por quem se apaixonara. Desafiado, uma vez o tio, puxando pela memória, escreveu numa folha do caderno da Jaqueline, Erzsébet, assim que ela chamava: Erzsébet Fonseca Labanyi. O Pai ainda comentava que achava muito curioso como um solteirão convicto como ele pudesse ter tanta animação com o casamento dos outros. Tio Gilberto, o Artista, apenas esboçava um esgar filosófico, que podia significar tudo e talvez não significasse nada.

30 — Wakefield

Alex visitara Kate umas poucas vezes em Wakefield, e ficara surpreso com a bagunça — casa de ferreiro, espeto de pau, diria o Pai — e admirado com a quantidade de *packs* de cerveja amontoados junto à geladeira, de diferentes marcas, que ela, não tendo preferência, comprava em promoções nos supermercados. Kate alugava parte da casa da simpática Ms. Niamh Flannery — sala, quarto e banheiro privativos, cozinha comum —, por mil e cem dólares mensais. Viúva, Ms. Flannery orgulhava-se de descender dos irlandeses que chegaram naquela região na metade do século XIX e todo dia 17 de março vestia-se inteiramente de verde para assistir o desfile do Paddy's Day. Ela desenvolvera uma carinhosa camaradagem com Kate e, acreditando-a sempre magra e enfermiça — o que não era verdade —, entuchava-a de comida irlandesa — *shepherd's pie, colcannon, bacon and cabbage*, e, principalmente, *boxty*, prato típico da região do Ulster, de onde provinham seus antepassados. Divertida, Ms. Flannery guardava suas inúmeras garrafas de uísque Kilbeggan, de licor Baileys e de sidra Bulmers na parte da casa ocupada por Kate, para, segundo ela, seguir estritamente as recomendações médicas, de se manter distante de bebidas alcoólicas. Embora não demonstrasse, Ms. Flannery tinha ciúmes de Alex, porque nutria ilusões de que Kate pudesse vir a se interessar por seu filho, Padraig, "quando ele regressar de Oklahoma". Kate descobriu, por acaso, nas entrelinhas de suas conversas ébrias, que Padraig encontrava-se preso em El Reno, por envolvimento com roubo e drogas… De vez em quando, ela surpreendia Ms. Flannery suspirosa, olhando para o balanço que enferrujava abandonado no pequeno e sujo *backyard*, e sentia imensa pena dela, envelhecida, sozinha, alcoólatra, e temia que a senhoria fosse uma exata fotografia sua no futuro.

31 — Janelas abertas

Alex conheceu os parentes da Rivânia apenas no dia do casamento dela com Bruno. Nascida e criada em São Miguel Paulista, os pais, irmãos, tios, primos, sobrinhos e agregados moravam todos num raio de dois quilômetros de distância entre si, formando quase uma comunidade à parte. Orgulhosos de suas origens sertanejas, no começo da década de sessenta, fugindo da seca, da miséria e da falta de perspectivas, haviam se transferido em peso das localidades de Teú e Barreiro, na zona rural de Espinosa, divisa de Minas Gerais com a Bahia, para os arredores da avenida São Miguel. Com sua espontaneidade e disposição, Rivânia contrabandeara alegria para o sobrado, que até então semelhava a um sanatório, onde se falava baixo, evitando assuntos desagradáveis, e onde cada um encerrava-se por detrás da porta de seu mundo próprio. Não formavam uma família infeliz — eram náufragos num rio, suportando a correnteza agarrados a uma corda esticada, o Pai em terra firme a segurar a ponta, e, saberem-se assim, atados uns aos outros, motivava-os a seguir com a cabeça fora da água. Mas sentiam-se condenados à solidão que a amargura engendra, uma espécie de interdição ao contentamento, como se a simples menção ao prazer de viver pudesse inculpá-los por um delito pelo qual, embora desconhecido, deveriam ser responsabilizados. Com suas visitas esporádicas, o tio Gilberto, o Artista, arejava o ambiente, como alardeava dona Rosário — embora por pouco tempo. Ao chegar, provocava alvoroço, desarrumando a rotina imposta pelo Pai. Eufóricos, saíam para almoçar fora, visitavam cidades próximas, experimentavam novidades; conversavam até tarde da noite, jogavam buraco, caçoavam uns dos outros; entremostravam-se. Mas, uma manhã acordavam e, em silêncio, como sombras retomavam seus postos nos cômodos. Já Rivânia perenizou-se. Essa moça tem o dom de cativar as pessoas, dona Rosário decretara. Acostumada ao pragmatismo de sua gente, Rivânia expressava opiniões com sinceridade quase rude — mas, graciosa, não se melindravam com seu jeito debochado. Risonha e comunicativa, ela fraturou o clima de devoção trágica que encharcava o sobrado, herdeira de um catolicismo compungido e penitente, ao introduzir uma forma distendida de mentalidade religiosa, ancorada sim no catecismo vaticano, mas encharcada de tradição popular. Adorava a Deus sobre todas as coisas, o que não a impedia de crer em mandingas, simpatias, benzeções, fantasmas, oferendas. Se considerava indiscutíveis alguns preceitos bíblicos — honrar pai e mãe; não matar; não roubar; não levantar falso testemunho —, relativizava outros, argumentando, com sua gargalhada gostosa, Ninguém é perfeito!, pois comumente usava o nome de Deus em vão; cobiçava coisas alheias; não guardava castidade nas palavras e nem nos pensamentos — a gente apregoa bobagem mesmo, fazer o quê? Para ela, sagrados eram os domingos (dia de ir à missa, de almoçar com a família, de estarem todos juntos) e os feriados de guarda — seus parentes, violeiros e cantadores, comemoravam nostálgicos, com fervor, as datas festivas, em particular o Reisado, o São-João, o Natal. Rivânia conseguia atender a cada um dos inquilinos do sobrado em suas inquietações mais prementes. O Pai passou a só tomar decisões financeiras após consultá--la — Tem tino, essa menina!, elogiava, embevecido. Jaqueline, por sua vez, convivia enfim com moça da sua idade, com quem, apesar de recatada, podia conversar sobre coisas atinentes ao mundo feminino — dona Rosário, cabeça antiga, considerava tabu os mais diversos assuntos, por razões morais ou por ignorância mesmo. Vânderson construíra pela concunhada um respeito escaldado, desde quando comentou, tom de incrédula censura, que estranhava que ela acendesse velas para as almas, que colocasse copo d'água ao lado da televisão para ser benzida durante as transmissões da programação da TV Canção Nova, que espalhasse ícones por todo canto, ao que Rivânia retrucou, assertiva, Fé e café cada um dispõe à sua maneira. Aqui em casa, por exemplo, a gente faz na hora, serve fresquinho e bota a quantidade de açúcar que bem aprouver; Jaqueline, no entanto, coa o café, bem fraquinho, e despeja na garrafa térmica, já adoçado. Nem pior, nem melhor, diferente, apenas. Calado, Bruno a tudo observava. Edificara um altar particular para adorar a mulher e, quando, com sua franqueza bruta, ela atropelava algum dos mais próximos, dando de ombros ele resmungava, compassivo, A Rivânia, né? Ela é assim...

32 — *Os indesejados*

Um domingo gelado, no início da primavera, ao entrar no metrô, na estação Sullivan Square, a caminho do trabalho, Alex se deparou com dois patrícios. Eles falavam alto, pensando talvez que não houvesse ninguém no vagão que entendesse português — Alex não constituía um "tipo brasileiro", como se houvesse um "tipo brasileiro"... Sentado à janela, duas fileiras atrás, observava a paisagem: o sol tímido prateava as águas escuras do Mystic River. Gostava daquela época do ano, quando, terminado o inverno, livrava-se das roupas pesadas, e, camada a camada, sentia os músculos afinal alargarem-se. Fragmentos da conversa chegaram até Alex — comentários a respeito de um brasileiro, vinte e poucos anos, que havia se enforcado em casa durante a nevasca Jonas, e só achado uma semana depois. Ninguém na comunidade o conhecia e, embora tenham tentado arrecadar dinheiro para repatriar o corpo, não conseguiram levantar fundos suficientes e ele foi enterrado como indigente no cemitério Saint Tarcisius, em Framingham. Alex desceu na estação Malden Center, e os dois seguiram para a parada seguinte, Oak Grove, fim da linha. Alex avançou encolhido pela Exchange Street, impressionado com aquele relato — o rapaz talvez não tivesse aguentado a solidão, que o frio exacerba. Acuados, habitavam o limbo do mundo. Viviam aterrorizados pela possibilidade iminente de serem descobertos, capturados e devolvidos a um país que também os rejeitava... Daniela, a goiana que conhecera em Framingham, havia sido deportada, embora tivesse o *stay*... Neto, que trabalhava na oficina mecânica com o Volnei, deu uma surra num porto-riquenho, durante uma briga de rua em Chelsea, e, indocumentado, havia sido preso, julgado e deportado. Helen (Helenice), colega de Kate dos primeiros tempos, que aportara ali como *au pair* e logo caíra na clandestinidade, engravidara de um colombiano, e, após uma discussão doméstica, denunciada por vizinhos, foram apanhados ambos, condenados, deportados, o bebê entregue a um *foster home*. Marinho, um mineiro de Areado, conhecido de vista, comia com amigos na KFC de Everett, quando assustaram-se com um enorme barulho. Saíram para a calçada e viram que uma caminhonete abalroara o Camry 2005 que Marinho usava para entregar pizza na região de Lynn. Um americano enorme, gordo e louro, perguntava pelo dono do veículo, disposto a cobrir o prejuízo. Mas, de imediato, surgiu uma viatura da polícia e, ilegal, Marinho apavorou-se, voltaram à loja, pagaram a conta e escaparam rapidamente, abandonando o carro. E havia os empregadores brasileiros, gente que conseguia abrir uma firma e explorava os compatriotas — "os piores patrões", voz corrente — pagando salários baixos, descumprindo combinações e ameaçando denunciá-los à Imigração, quando reclamavam.

33 — Futuro do presente

Por que tanta selvageria, Alex se perguntava, sempre que aflorava a imagem daquela outra manhã, submersa no absurdo. Bruno e Vânderson, queridos nas vizinhanças, não se indispunham com ninguém. Prestativos, distribuíam bons-dias, boas-tardes, boas-noites, indiscriminadamente. Bruno frequentava com Rivânia e os filhos as missas de domingo no Santuário Mãe de Deus, em Santo Amaro, mas mantinha-se envolvido nas atividades comunitárias do bairro. Saía pelas imediações ajudando a distribuir presentes no Natal e no Dia das Crianças; arrecadava prendas para a quermesse da paróquia de São João Evangelista; contribuía financeiramente para a manutenção da escola de samba Império de Casa Verde; arrecadava fundos para a compra de cestas básicas que distribuía a famílias carentes da favela do Iraque, na Brasilândia — herança da memória da dona Rosário... Vânderson assistia, com Jaqueline, os cultos da Igreja Maranata, do Chora Menino, e realizava visitas aos lares dos irmãos crentes e aos enfermos necessitados de conforto no Hospital do Mandaqui. E, em menos de um minuto, o teto do lugar onde se refugiavam, que Alex acreditava indestrutível, desabou, e com ele suas crenças — amadureceu, ou melhor, morreu também, em menos de um minuto. Em momentos assim, como essa manhã quente de agosto, que invocava aquela outra manhã quente, de janeiro, tudo voltava à tona: capacete na cabeça, o sujeito entra na lanchonete, revólver na mão, ordena, arfando, Passa a porra da grana!, Vânderson se atrapalha, Rápido, caralho!, entrega tremendo o envelope pardo com a féria do fim de semana, o sujeito assusta-se, dispara seis tiros, corre, monta na garupa da motocicleta que o aguardava na rua, o barulho do motor desaparece ruidoso na esquina. Então, um profundo silêncio desmorona sobre a segunda-feira. Caído a um canto, Alex vislumbra os corpos do irmão e do cunhado inertes no chão. Busca levantar-se, quer acudi-los, tenta gritar — faltam-lhe forças, ausenta-se a voz, não se mexe. Ao odor ácido da pólvora que suja o ar parado — o relógio na parede marca para sempre oito e cinco —, mistura-se pouco a pouco um cheiro doce de sangue. De repente, surgem algumas pessoas, espantadas, atarantadas, alarmadas. Alex olha, mas não vê, nem ouve — como se à sua frente transcorressem cenas de um filme mudo, em preto e branco. Um homem aproxima-se, pergunta algo, apontando para seu ombro, Alex sente um ardume, um líquido espesso escorre pelo braço e encharca a manga longa da camisa azul da firma, justo no lugar onde agora, quatro anos e meio depois, percorrendo a pé as duas milhas que separam sua casa da igreja de Santo Antônio, ele passa instintivamente os dedos, acariciando nervoso a cicatriz, risco grosso e rosado, que ainda lateja como se viva. Adeus, ruas estreitas e sinuosas da Casa Verde... Adeus, quarto intacto, apinhado de recordações... Nunca mais o Pai subindo e descendo as escadas do sobrado, a caixa de ferramentas à procura de afazeres... Nunca mais o sorriso triste da Jaqueline, as ponderações engraçadas da Rivânia, as "loucuradas" do tio Gilberto, o Artista... Não acompanharia o crescimento dos sobrinhos... Não mais assistiria, extasiado, debruçado à janela da área de serviço, a luz pálida do sol afastar, com suave firmeza, as sombras da noite... Muitos a Morte, eficaz e indistinta, já colhera: Bruno e Vânderson, ainda verdes; dona Rosário, no meio do caminho; o avô Aléssio, que não comia nem bebia sozinho, e mijava e cagava em fraldas descartáveis. A mãe, a vida, implacável, agarrara e arremessara para os recônditos de suas noites insones, incorruptível, inacessível... Somos náufragos, Kate dizia, que, para não sucumbir, nos abraçamos a quaisquer pedaços de lembranças... Alex sentia desdém por aquele bando de expatriados que assistia as pregações do padre Ademir tentando encontrar algum lenitivo nas palavras, algum conforto em considerar que tudo que ali experimentavam — a solidão, a saudade, a humilhação, a tristeza, a insegurança, a frustração — vinculava-se a um plano superior. Ele não acreditava em nada, nem em ninguém. Se Deus existir, pensava, trata-se de um ser abjeto e cruel, que se regala com o sofrimento humano. E, se assim fosse, quando morrer escarraria na face de Deus e clamaria, Eu não o odeio, porque o desprezo. De vez em quando Kate açulava planos — casamento, filhos, lar —, que Alex, desatento, fomentava. Mas, quando a sós, como agora, ele se deparava com a árdua realidade, fundada em sobressaltos e ansiedade, abandonava toda esperança. Alex já não conseguia olhar para o futuro, pois sabia que não há nada lá.

III

SÃO PAULO, 8 DE OUTUBRO DE 1994

34 — Gaiolas

No aniversário de seis anos, Dagoberto ganhou uma gaiola de varetas de bambu com um sabiá-laranjeira cantador dentro. Apesar da pouca idade, ainda lembrava, nitidamente, mais de três décadas depois, daquelas manhãs de primavera na Vila Minalda, em Cataguases. Todo dia, antes de sair para o serviço na Industrial, o pai dependurava a gaiola num prego na parede que dava para o quintal e ali Dagoberto transcorria as horas, deslumbrado com o chilreio melodioso que derramava do peito ferrugem do passarinho e inundava os cômodos minúsculos da rua dos Operários. No final da tarde, esperava ansioso o pai regressar para juntos trocar a água do bebedouro, assoprar o comedouro, substituir o pedaço de papelão sujo de cocô que cobria a bandeja. O pai ensinou-o a colocar alpiste na ponta do dedo e oferecer ao sabiá — Dagoberto deleitava-se com as coscas provocadas pelo bico do passarinho. Sentia-se importante, responsável...
Uma vez, depois do almoço, a mãe estendendo roupa no varal,

ele decidiu abraçar o sabiá. Arrastou uma cadeira, aproximou-a da gaiola, abriu devagar a portinha e, a custo, conseguiu encurralá-lo e agarrá-lo. Desceu, as mãos em concha, ambos os coraçõezinhos alvoroçados. Então, ao entreabrir os dedos, contemplou de relance os olhos pretos do sabiá que no segundo seguinte já se encontrava pousado num galho da goiabeira. Paralisado, Dagoberto viu-o tomar fôlego e desaparecer esvoaçando no azul do céu. O mundo de repente encolheu-se — remanso das águas do rio Pomba, barulho da mãe catando pregadores no bolso do avental, vozes distantes das meninas brincando de amarelinha. Dagoberto aguou — caiu prostrado, três dias de cama sem comer, consumido por uma febre que nenhum Melhoral infantil baixava, nenhum chá de macela abreviava, nenhuma toalha molhada reduzia, extinta só depois que convocaram uma benzedeira, uma senhora alta, a cara bexiguenta, que veio do Ibraim com um feixe de ervas enrolado num jornal, com o qual golpeou seus ombros e cabeça, enquanto salmodiava a oração de são Hugo. Abalado por Dagoberto ser tão melindroso, o pai resolveu proibir, sob protesto da mãe, a mantença de bichos de estimação — decreto anulado apenas anos depois, quando um viralata cotó apareceu no quintal, sarnento, encarrapatado, pulguento, e que, adotado, saneado e nomeado Zito, virou o xodó da família.

35 — *Rodízio de pizza*

Giza, Dagoberto conheceu-a balconista numa padaria em Pirituba, onde eventualmente parava para tomar café da manhã — pingado e pão na chapa —, a caminho do trabalho na Voith. Nunca prestara atenção nela — baixinha, cabelos lisos pretíssimos, rechaçava aborrecida as brincadeiras insidiosas da clientela —, até despencar por acaso na perambeira sem fundo daqueles olhos pretos, amendoados. Algo nela o inquietava, e o atraía... Dagoberto passou a cliente assíduo no lugar, buscando ganhar-lhe a confiança — o nome, as colegas revelaram, Adalgiza, Giza —, embora, com sua tristeza insondável, ela continuasse arredia. Uma manhã, tomou coragem e, num raro momento em que se achavam sozinhos, cada qual de um lado do balcão, perguntou se ela aceitaria convite para comer uma pizza em celebração ao seu aniversário, Não conheço quase ninguém aqui em São Paulo, argumentou. Cabeça baixa, forte sotaque nordestino, Giza murmurou, encabulada, Nunca comi isso não... No sábado, Dagoberto vestiu calça *jeans*, camisa de manga comprida de listras verticais grossas, marinho e branco, japona marrom, sapato social, e aguardou-a na esquina da avenida Brigadeiro Luís Antônio com a avenida Paulista para fartarem-se de pizza no rodízio do Grupo Sérgio.

36 — *Viagem*

Agora, a casa em silêncio, Giza ressonando ao seu lado, Dagoberto repassa, de cabeça, se esquecera algo nos preparativos para a viagem da manhã seguinte. Seria a primeira vez que entrariam num avião, cinco dias em Alagoas, a família inteira... Tratava-se de uma "loucurada", pois encontrava-se endividado com a Caixa Econômica Federal por conta das obras no sobrado, e ainda pagava carnês de várias lojas, quinquilharias que às vezes Giza comprava por compulsão, sem avisá-lo. Nos últimos tempos, ela andava tão amofinada que Dagoberto resolveu aceitar a proposta do Gilberto, um empréstimo de irmão para irmão, sem juros, a saldar quando possível. Só concordou porque, após anos de inflação descontrolada, meses antes fora introduzida uma nova moeda e as coisas pareciam estar se ajeitando aos poucos. Gilberto os visitara no começo de setembro e ficara espantado com a apatia da cunhada. Durante a semana em que ali permanecera, Giza mantivera-se trancada no quarto, as cortinas fechadas, e avistou-a apenas de relance, magra e desbotada, camisola e robe, cabelos desgrenhados, descalça. Levantava-se somente para ir ao banheiro, e o prato de comida que a empregada — sempre diferente, ninguém suportava suas mudanças de humor — levava até ela, voltava intocado. Gilberto carregou o irmão e os sobrinhos para almoçar na praça de alimentação do Shopping West Plaza, e depois conduziu-os a uma agência de turismo, onde pediu que mostrassem as opções de excursão. Quando, dias depois, Giza apareceu perfumada — sempre o primeiro sinal da gradativa melhora —, Dagoberto expôs a ela seus planos: emendar o feriado de Nossa Senhora Aparecida para fugirem de São Paulo. Argumentou entusiasmado como seria saudável suspender a rotina, desde que casaram viviam apenas para o trabalho, poderiam aproveitar para descansar à beira da praia, bebendo água-de-coco, comendo peixe fresco, espetinho de camarão, já pensou?, as crianças esparramadas na areia, dizem que o mar é bom pra tudo, tem o iodo, e tem o sol, a gente toma pouco sol aqui, dizem que faz falta, e ainda por cima andaríamos de avião, Giza, De avião!, não parece um sonho? Finda a exposição, ela sussurrou, alheia, Está bem... Então, Dagoberto estudou os panfletos e decidiu por um pacote para Alagoas. Tenso, alinhavava as horas em meticulosos arranjos para que nada saísse errado. E agora, tudo pronto para embarcarem para Maceió, onde, após um *city tour*, passeariam pela praia do Francês, pela praia do Gunga, por Barra de São Miguel, Dagoberto revirava na cama, angustiado, a bagagem no corredor, nunca sabia em que estado de ânimo Giza acordaria.

37 — Sonhos

Quando Dagoberto chegou em São Paulo, mão na frente, mão atrás, a rodoviária do Tietê acabara de ser inaugurada, tinha vinte e cinco anos e a sensação de que havia perdido muito tempo batendo cabeça, como a mãe lamentava. Crescera em plena "febre paulista", ouvindo histórias de gente que havia partido e alcançado sucesso. Toda família contava com pelo menos um membro morando naquele lugar distante, onde sobrava emprego e corria dinheiro. As notícias aportavam em emotivas cartas garranchadas ou em urgentes recados repassados, de favor, pelos donos das raras linhas telefônicas. A cada vez que ressurgiam na cidade, no feriado de Sete de Setembro e nas festas de fim de ano, exibiam o carro abarrotado de presentes — televisão, toca-discos, aparelho de jantar, jogo de panelas, faqueiro, brinquedos —, e, ao retornar para São Paulo, sempre carregavam algum parente ou amigo destinado a preencher vaga certa em firmas conhecidas. Falavam em ruas inteiras em Diadema, no Ipiranga, em São Bernardo do Campo, habitadas por cataguasenses... Pouco a pouco, no entanto, envolvidos em suas novas funções, desapareciam das conversas corriqueiras, encapsulados apenas na memória daqueles que, por algum motivo — velhice, desânimo, covardia —, permaneciam, os pés chumbados às margens do rio Pomba... Ambiciosa, a mãe instigou Dagoberto a estudar no Senai, onde formou-se torneiro-mecânico. Tempos de vacas gordas, no final do período letivo empresas espalhavam mesinhas no pátio da escola e fichavam todos os interessados em trabalhar nas metalúrgicas do ABC. Dagoberto, no entanto, hesitou — medo do desconhecido, receio de fracassar —, e, aguilhoado pela mãe, preferiu servir o Exército em Juiz de Fora.

38 — Juaquim

Responsável pela igreja de Nossa Senhora de Fátima, no Beira-Rio, padre Roland dava aulas de francês no Colégio Cataguases. Cultíssimo, dominava o latim e o grego e de todas as matérias entendia um pouco. Contudo, ao ouvir o estrondo de bombinhas soltadas pela molecada na rua, a explosão do foguetório nas datas festivas ou o ribombar de trovões em dias de chuva, abraçava-o um profundo pavor, e, instantaneamente, buscava abrigar-se debaixo da primeira mesa que encontrasse, olhos esbugalhados, coração aos coices, o corpo tomado de suor. Quando emergia do esconderijo, mãos incapazes de segurar um copo, desculpava-se, sem graça, depois de recuperar a fala, dizendo que sofria de "tromatismes de guérr". Após assumir a igreja, padre Roland fundara o JUAC (Jovens Unidos pelo Amor em Cristo) — que ele mesmo, trocista, apelidara de Juaquim, Ho-ho--ho! —, sob a égide das palavras do apóstolo Paulo aos romanos: "Não vos conformeis com este mundo, mas transformai-vos pela renovação do vosso espírito, para que possais discernir qual é a vontade de Deus, o que é bom, o que lhe agrada e o que é perfeito". Tímido e complexado — acreditava-se feio demais, magro demais, baixo demais —, Dagoberto chegara aos quinze anos ávido por amizades duradouras, algo até então impensável devido às constantes mudanças de endereço da família. Mas, morando no Paraíso, viu no JUAC a oportunidade para se enturmar. Adorava os ensaios do coro dominical, os encontros de evangelização, as visitas ao asilo São Vicente de Paulo, a distribuição de alimentos, roupas e cobertores na periferia da cidade, os passeios de bicicleta, os piqueniques nas cachoeiras, as serenatas... Sentia-se útil, sentia-se querido. Extrovertido, Hélder tocava violão e cantava. Fã de *rock* — cabelos pretos encaracolados escondendo os ombros, camiseta Hering branca, calça *jeans* boca-de-sino, sandália franciscana —, planejava ser músico profissional. Acontecia de, às vezes, passar a noite de sábado animando alguma festa de salão ou baile de clube e seguir diretamente para pontuar o canto litúrgico da missa das sete no domingo. Dagoberto nutria por ele uma admiração silenciosamente invejosa. O gorducho Dênis escrevia poesia. Influenciado pelo padre Roland, que franqueava-lhe o acesso à sua biblioteca de uns quinhentos livros, migrou de retumbantes peças rimadas, que tematizavam abstrações (Liberdade, Pobreza, Amor, tudo com inicial maiúscula), para versos simples que falavam do cotidiano (liberdade, pobreza, amor, tudo com inicial minúscula). *Moins c'est plus*, ensinava padre Roland, traduzindo em seguida, Menos é mais!, menos é mais! Do nada, Dênis abria seu caderno escolar e declamava com ardor suas mais recentes composições, passadas a limpo com letra caprichada. Manuel usava óculos fundo-de-garrafa, calça e camisa puídas de tergal, sapatos rotos — tudo nele aspirava à carreira sacerdotal. Osvaldo era Prata, mas não dos Prata donos das fábricas de tecido — por isso o apelido, na surdina, Pratinha Pobre. Arrogante, autoritário e egocêntrico, acreditava manipular os colegas, que, no entanto, o desdenhavam. Elisa era a única negra da turma — meio-soprano, enlaçava a pequena nave com sua voz afinadíssima, com sua cabeleira *black power*, com sua arrebatadora simpatia. Enormes óculos, dentes salientes, cabelo em coque, Claudinha arrastava a semana ameaçando deixar o grupo, sob os mais diversos pretextos, mas sempre recuava e garantia a merenda de sábado à tarde, na sua casa, quando a mãe, dona Rita, professora primária e desquitada, cevava-os com os quitutes adquiridos da dona Jânua (coxinha, pastel, rissole, empadinha, croquete) e um bolo formigueiro que ela mesma preparava, e café, quissuco e Coca-Cola para beber. Por fim, Bernadete — Dete, a primeira paixão, platônica, de Dagoberto. Morena, olhos castanho-escuros, um ano mais velha, ela só notava os floreios do Hélder. Dagoberto recordava essa época como a melhor da sua vida.

39 — *Monsenhor Tabosa*

Monsenhor Tabosa, nome da cidade natal de Giza, no sertão do Ceará, Dagoberto descobriu no dia em que foram ao cartório para dar entrada na papelada para o casamento, passado pouco mais de um ano desde quando saíram juntos pela primeira vez. Deitado na cama, na pensão onde morava, na Lapa, depois de uma cansativa jornada, Dagoberto se pegava matutando, assustado, as coisas corriam depressa demais... Mas haviam se entendido tão bem! Finalmente deparara com uma mulher com quem comungava os mesmos valores sólidos, uma mulher com quem parecia valer a pena ter filhos, constituir família, planejar o futuro... Incomodava-o, é verdade, a tristeza da Giza, que os impedia de desfrutar aqueles breves momentos de distração — passear de mãos dadas pelo Parque da Luz, andar de roda-gigante no Playcenter, ir no aeroporto de Congonhas ver os aviões subir e descer, assistir filme no centro da cidade, palestrar à toa sábado à noite sentado num bar tomando brama gelada e petiscando um filé no palito, um frango à passarinho, uma porção de batatas fritas... Tudo isso ela detestava... E era tinhosa, a mulher... Logo nos princípios do namoro, Dagoberto, enciumado, começou a enquizilar para que ela deixasse o trabalho, não gostava de vê-la exposta às maledicências da freguesia. Por um tempo, Giza aguentou calada as implicâncias. Porém, um domingo, quando exploravam as imediações da praça da Sé, ela, já farta de tanta impertinência, insurgiu-se, Agora pronto! Eu largo o emprego, tu te arriba, fico de mãos abanando... E, aviando-se, desapareceu irredutível em direção às escadas do metrô. Dagoberto desertou por uns dias, ofendido. Assentada a poeira, no entanto, ligou para a padaria, pediu para falar com ela, propôs encontrarem-se logo, meio da semana mesmo, precisavam acertar as coisas. Giza titubeou, morava longe, Sapopemba, teria de aguardá-lo até o começo da noite, mas enfim, diante da insistência, e para pôr fim àquela agonia, aceitou. Sentaram-se no Ponto Chic, no largo do Paissandu, e pediram dois baurus, um chope e um guaraná. Dagoberto tirou uma caixinha preta do bolso da calça e a depositou em cima da mesa. O garçom trouxe as bebidas, interrompendo-o. Assim que se afastou, Dagoberto abriu a caixinha, onde jaziam duas finas alianças de ouro, e, tomando a mão direita de Giza, enfiou uma delas em seu dedo anular, dizendo, cerimonioso, Estamos noivos agora. Para sua surpresa, Giza tirou a aliança, e só após constatar o nome dele gravado no interior da peça, tornou a colocá-la. Ainda trêmulo, Dagoberto apanhou a outra aliança, mostrou o nome dela gravado, e pediu que o enfiasse em seu dedo anular da mão direita. Em seguida, uma grossa cortina de silêncio estendeu-se entre eles. Sem graça, Dagoberto buscava, de esguelha, perceber se alguém das outras mesas os observava, enquanto Giza permanecia de cabeça baixa. Os baurus chegaram, e ela, que ainda não havia almoçado, meteu um grande pedaço na boca.

40 — *Economia doméstica*

Vira e mexe, a mãe lamentava a hora em que conhecera o marido — Ele sempre foi desajuizado, mas iludi, pensando que podia pôr freio nisso... O pai desembarcou de trem em Cataguases, logo após completar dezoito anos. Sem conhecer ninguém e com pouca instrução, arrumou trabalho descarregando cana na usina de açúcar. Meses depois, conseguiu emprego na fábrica de macarrão, época em que esbarrou por acaso com Constança, tecelã na Irmãos Prata. Começaram a namorar e ela passou a incitá-lo a mudar de rumo, não enxergava futuro onde ele estava ancorado. Convenceu-o a fazer ficha nas fábricas de tecido e logo ele arranjou vaga na fiação da Manufatora. Não demorou muito, casaram, mudaram para uma meia-água no Thomé — e, como de praxe, ela foi mandada embora. Então vieram os filhos, e, a cada gravidez, o pai se alheava mais e mais. Ele alugava uma casa, deixava que os problemas se avolumassem pelos cômodos, e, quando não mais havia espaço, arrastava a família para outro endereço. O pai gostava de se apresentar bem, sempre nas folgas, domingos e feriados metido num terno, os cabelos castanho-claros repartidos de lado, os intensos olhos azuis e o bigode bem aparado emoldurando o orgulhoso nariz grande. Por isso talvez abominasse trabalhar como operário têxtil, ofício que enevoava suas vistas com a neblina do algodão, que impregnava seu corpo com o cheiro de algodão, que enchia seus pulmões com a poeira do algodão. Ele levantava cedo, sem despertador, jamais perdia a hora, e às vezes até mesmo ia doente para o serviço — mas, um dia, sem mais nem menos, pedia as contas. Chegava em casa fedendo a cachaça — ele raramente bebia, então a mãe adivinhava o que acontecera —, e anunciava, Cansei, minha filha! Mas não preocupa não, já tenho algumas coisas alinhavadas... Impaciente com o que chamava de falta de responsabilidade do marido, a mãe, prática, pouco a pouco assumiu as rédeas da casa, desdobrando-se para fazer dinheiro: executava trabalhos em bordado, tricô e crochê, confeccionava flores de plástico, e, quando havia um quintal, por menor que fosse, plantava verduras (alface, couve, taioba), e até mesmo certa feita, quando moravam no Paraíso, criou galinhas poedeiras para negociar os ovos. Enquanto isso, o pai chapinhava em sucessivos fracassos.

41 — Uma tarde em dezembro

Sentado num banco da praça Rui Barbosa, sob um calor de quase trinta graus, Dagoberto observava a última tarde de 1973 se extinguir, vagarosamente. Dali a poucos dias entraria no ônibus da Viação Vitória e se alistaria no Exército, em Juiz de Fora. Uma sensação estranha o paralisava. Tudo e todos pareciam empurrá-lo para longe de Cataguases, como se, permanecendo na cidade, tivesse inscrito na testa o vexaminoso estigma da derrota. Nada o segurava ali — mas algo dentro dele morria. A família vivia como um barco solto na correnteza, na iminência de afundar. Os pais já não discutiam — ou melhor, a mãe não reclamava mais, pois o pai sempre escapulia, assobiando, assim que antevia alguma desavença. Ela talvez tenha compreendido ser perda de tempo tentar enxergar nele um homem normal. Ele era honesto, fiel, cordato — bastante diferente dos outros maridos, mulherengos, alcoólatras, violentos —, mas incapaz de se submeter a emprego fixo, carteira assinada, patrão. Endividado por conta de suas iniciativas mirabolantes, ninguém o tomaria por vagabundo, mas sua reputação oscilava entre a de um sujeito malogrado, de quem devemos ter dó, e a de um sujeito mal-agradecido, de quem devemos nos esquivar. A mãe parecia ter como única finalidade conduzir os filhos até determinado ponto da estrada e depois largá-los, decerto não por desamor, mas como uma forma de libertação. Tinha sido assim com Betina, que, mal completara dezesseis anos, casara com Vivaldo, seu primeiro namorado. Eletricitário na Força e Luz, Vivaldo namorava Betina havia poucos meses, quando recebeu convite de seu chefe para acompanhá-lo ao Rio Grande do Sul, com serviço certo numa usina termelétrica. Ele pediu a mão da Betina, o pai torceu o nariz — porque Vivaldo era amulatado; porque, diante da urgência, as más-línguas insinuariam "coisas" a respeito da filha —, mas prevaleceu a opinião da mãe. Dagoberto já não frequentava como antes a turma do JUAC, moravam desde outubro na Vila Reis, onde o pai, entusiasmado, adquirira um bar, cujo principal atrativo era uma máquina de picolés de todas as cores — coco, amendoim, framboesa, abacate, creme, laranja, limão. O padre Roland vivia dizendo que todos nascem com uma missão, e, enquanto a rua se esvaziava de gente apressada, Dagoberto se perguntava, angustiado, qual seria a sua.

42 — Matrimônio

Dagoberto e Giza pretendiam se casar em dois anos — tempo suficiente, acreditavam, para que pudessem adquirir o enxoval e buscar um lugar decente para morar. Mas a gravidez inesperada precipitou os planos e eles tiveram que marcar às pressas o matrimônio, que transcorreu apenas no cartório da Lapa, pois Giza se recusava a entrar na igreja vestida de branco não sendo mais virgem — É pecado, cruz-credo! A cerimônia durou menos de quinze minutos e contou somente com a presença das testemunhas — seu Dieter, chefe do Dagoberto na Voith, e a esposa dele, dona Verena; e o Gilberto e a Ocília, irmã da Giza. Gilberto, que Dagoberto não via há alguns anos, explicou que estava ali representando a família — a mãe detestava viajar, o mais longe que pisara fora em Juiz de Fora, ainda assim uma única vez e em tratamento de saúde, e o pai nunca se submeteria a doze horas ensardinhado num ônibus desconfortável, povo fumando, criança berrando, vomitando... Depois, Dagoberto descobriu que, na verdade, a mãe tinha ficado indignada, casamento no civil não vale perante Deus, união assim não pode dar certo... Seu Dieter e a esposa deram de presente um fogão a gás, e Gilberto trouxe duas sacolas lotadas de trabalhos manuais da mãe — panos de prato e toalha de mesa bordados; vestidos de crochê para bujão de gás, liquidificador e chaleira; e, a contragosto, roupinhas de tricô para o bebê (macacão, touca, casaco, meia, pagão), amarelas, cor neutra. Após os sins, seu Dieter e dona Verena se despediram — só Dagoberto, acostumado, entendia o que o chefe engrolava, É alemão, ele explicou, orgulhoso —, enfiaram-se no Monza novinho do Gilberto, a Giza e a Ocília atrás, e foram almoçar n'O Gato que Ri, no largo do Arouche, coisa mais chique, por conta do irmão endinheirado.

43 — O dulçor da noite

A mãe consumia os dias afadigando-se, por isso encontrava-se sempre os nervos à flor da pele. Lavava, estendia e passava roupa, fazia o almoço e a janta, arrumava a casa, cuidava das crianças e ainda arranjava tempo para estragar as vistas manuseando agulhas de tricô e crochê — muitas vezes atravessava as madrugadas para dar conta de todos os afazeres. Quando chovia, então, enlouquecia com a algazarra incessável da filharada cativa nos cômodos — com facilidade, perdia a paciência e distribuía chineladas indiscriminadamente. Aos sete anos, Betina assumiu o zelo pelos irmãos, já três nessa época — ela brincava com eles como fossem bonecos: vestia, penteava, ralhava, ensinava, ninava. Mais velho dos meninos, Dagoberto ganhava roupas novas, que usava até sobrar fora delas, quando as repassava para o Gilberto, mais novo que o Roberto, no entanto mais espichado e menos exigente. A mãe jamais sorria, embora não fosse triste — de vez em vez, pegavam-na cantarolando, distraída, trechos de cantigas que deviam ecoar de sua infância. Mas, à medida que o pai ia acumulando trapalhadas, tornava-se mais e mais carrancuda. Só conheceu o sossego quando, cerca de três anos antes, morreu-lhe a madrinha, tia Bonifácia, a quem visitava todo domingo à tarde no asilo São Vicente de Paulo, onde se encontrava entrevada numa cama, cega, surda, caduca, sequelas de uma doença-do-mundo pega do marido. Dagoberto recordava de quatro ou cinco vezes em que, longe no tempo, estiveram com essa tia Bonifácia, no Jacaré, a quem todos, inclusive a mãe e o pai, chamavam, jocosamente, de Tia Alfácia, porque, nanica, ela parecia a verdura virada para baixo, a cabeça pequena coroando um corpo que se esparramava em larguíssimos vestidos de popeline escuros, a pele branco-esverdeada. Quando chegavam à casa velha, mas muito asseada, nenhum enfeite, nem em cima dos poucos móveis, nem pendurado nas paredes, empurravam o portãozinho de madeira, batiam palmas, viam a tia abrir, desconfiada, uma fresta da cortina da janela, e aguardavam ainda alguns minutos antes de ela surgir resfolegando à porta. Está escondendo a comida, a mãe explicava, mordaz. Eles permaneciam por lá algumas horas, o pai perscrutando o arraial, as crianças explorando o quintal cheio de pés de frutas, a mãe e a Tia Alfácia sentadas na cozinha, caçando assunto. Até que ela convocava-os para a merenda — uma caneca de café melado e transparente (ela secava ao sol o pó coado para reusar) acompanhado de caramujos duríssimos que retirava de uma lata de biscoito Aymoré amassada. Dagoberto nem tentava roer o biscoito — escondido, ralava-o contra a parede e espalhava o farelo pelo chão do terreiro para atrair passarinhos. A madrinha era uma parente distante, viúva sem filhos, que vivia da venda de doces que cozia em luzentes tachos de cobre: goiabada, mangada, bananada, figo, cidra, mamão, pé-de-moleque, quebra-queixo, ambrosia. Os avós, portugueses miseráveis que viviam num pardieiro na fazenda do Funil, morreram ambos de tuberculose, no espaço de seis meses, deixando quatro órfãos. A mãe, com nove anos, fora resgatada pela madrinha, e os irmãos, mais novos — um menino, duas meninas —, ela não mais soube o destino de nenhum deles. Com o dinheiro da venda daquela casa no Jacaré, deixada à mãe em herança, compraram uma posse na Taquara Preta, e Gilberto construiu os cinco cômodos com terraço onde eles moravam agora. O mesmo cheiro açucarado que impregnava as paredes da Tia Alfácia — e que evocavam o lar da bruxa da história de Joãozinho e Maria —, Dagoberto sentia inundando a noite preta agora.

44 — Gilberto

Quase cinco anos mais novo, Gilberto acabou tornando-se o irmão querido de Dagoberto. Embora não fosse estudioso — Roberto era o inteligente da família, desbancado depois por Heriberto —, possuía raro talento para o desenho, o que, aliado ao seu imenso carisma, a todos encantava. Gilberto, assim como Roberto, frequentou o Colégio Cataguases, lado a lado com os filhos da elite da cidade, graças à proximidade que o pai estabeleceu, por acaso, com os Prata. Em 1968, ele foi cedido pela Industrial, onde trabalhava como tecelão, para fazer campanha eleitoral para o doutor Armando Prata, um dos donos da fábrica, que, por meio da persuasão e da coação, elegeu-se prefeito com oitenta e seis por cento do total dos votos. Como paga pelos bons serviços, o doutor Armando garantiu vaga, na hora certa, para dois dos "meninos do Aléssio", em lacônicos e imperativos bilhetinhos destinados ao doutor Guaraciaba dos Reis, diretor do colégio — "Cumpra-se o acordado com o portador". Na época, Betina já estudava no Ginásio Comercial Antônio Amaro e Dagoberto encontrava-se prometido ao Senai. Os pendores do Gilberto logo despertaram o entusiasmo do professor Mendonça, que dava aulas de Desenho Artístico. Extasiado com os retratos, as paisagens e principalmente com a imaginação de Gilberto, o professor tentou convencer o pai a mandá-lo para o Rio de Janeiro para aprimorar seus dotes, Conheço gente lá que pode acolhê-lo. Entretanto, a mãe nem quis ouvir a ladainha, achava que pobre tinha que estudar apenas o suficiente para "se colocar" e ganhar dinheiro, como dizia, O resto é "perca de tempo". Criativo e desembaraçado, Gilberto logo arranjou emprego numa gráfica, onde produzia clichês de propaganda para os jornais Cataguases e Correio da Cidade, e, por fora, desenhava letreiros para cartazes do comércio e confeccionava camisetas ilustradas em *silkscreen*. Em pouco tempo, sua fama transbordou os limites de Cataguases — vinha gente de Leopoldina e Astolfo Dutra encomendar seus trabalhos, até, às vezes, de mais longe, Muriaé, Ubá, Juiz de Fora. Em 1982, Gilberto mudou para o Rio de Janeiro, tornando aquele ano o marco na dispersão da família. Além de Gilberto, saíram de casa, ao mesmo tempo, Heriberto, para estudar no Colégio Agrícola de Rio Pomba; Roberto, aprovado para a Polícia Rodoviária Federal e destacado para Paracatu, longe à beça, oitocentos quilômetros, ele explicava, entre assustado e presunçoso; e Dagoberto, envergonhado e premido pela falta de perspectivas, rumo a São Paulo. Casada, Betina há muito nem mais cartas escrevia. Entretida com a criação dos filhos, ligava nos aniversários do pai e da mãe e no Natal, conversas rápidas para não pesar muito na conta telefônica. Dagoberto perdeu contato com Gilberto por quase três anos, até reencontrarem-se no seu casamento, e já então o irmão não era mais o rapaz desleixado que andava de chinelo de dedo, cabelos ensebados, mãos manchadas de tinta, despreocupado das vestimentas. Transmudara naquele sujeito impecável, *blazer*, calça *jeans*, camisa e sapato social; unhas limpas, rosto escanhoado, cabelos penteados; carteira de couro recheada de dinheiro. Permanecera nele, no entanto, o cordão de ouro com medalhinha de Nossa Senhora das Graças, lembrança da primeira comunhão, e o ar romântico e voluntarioso que seus olhos azuis — único a herdá-los do pai — acentuavam. Só não havia adquirido ainda o inseparável relógio "Beguelin, suíço, antigo, 25 rubis" que passou a ostentar vaidoso no pulso esquerdo...

45 — *Caserna*

Nos primeiros dias de janeiro, Dagoberto apresentou-se no quartel do 4º Grupo de Artilharia de Campanha, em Juiz de Fora. Tinha dezoito anos e guardava certa expectativa em relação à carreira militar, influenciado pela mãe, que achava bonito o uniforme verde-oliva. O primeiro-sargento Krollmann, um alemãozão forte e ignorante, passou a manhã inteira berrando com eles e fazendo-os marchar sob o sol quente. Na hora do "rancho", formaram fila em frente à cantina, vigiando para saber se sobraria alguma comida. Foram semanas de enfadonho treinamento físico — corridas, flexões, abdominais, barra, circuito —, e intermináveis movimentos de ordem-unida. Dagoberto gostava mais das aulas teóricas, manuseio de armas, técnicas de sobrevivência, código militar, história militar. Ali, Dagoberto era o soldado Bortoletto, nome de guerra. Simpático e paternal, o responsável pelo pelotão, segundo-tenente Veiga, há pouco saído da Academia das Agulhas Negras, parecia sujeito decente — enquanto o sargento Krollmann esbravejava e xingava, ele tratava os comandados com ironia, apenas. Dagoberto teve de acostumar a manter-se sempre asseado, fardamento engomado, barba feita, cabelo cortado rente, coturno engraxado. Porém, por mais que se esmerassem, o primeiro-sargento Krollmann inventava maneiras de pegá-los em falta, como passar um chumaço de algodão no rosto dos recrutas para verificar se estava bem escanhoado ou usar uma régua para medir o comprimento da calça, vinte milímetros da barra ao chão, descalço. A primeira vez que Dagoberto foi ao estande de instrução de tiro, suas mãos tremiam, suas pernas ausentaram. Mas, depois, chegou a vencer algumas competições de tiro ao alvo e muitas de rapidez em montagem e desmontagem do fuzil. Sofria mesmo era com a formatura de ordem-unida com arma... Em pequeno, seis, sete anos, caíra da mangueira do quintal da casa da Tia Alfácia, e, com receio da reação da mãe, escondeu o sucedido. Voltaram para Cataguases, ele murchiado, e despendeu a noite inteira sem sono, o braço latejando. Na manhã seguinte, impossível dissimular o inchaço, a vermelhidão, a dor. Furiosa, a mãe arrastou-o à Casa de Saúde, onde o plantonista encaminhou-o ao Raio X. Esperaram ainda por quase uma hora, sentados no banco duro de madeira, "Fratura distal do rádio" e "fratura distal da ulna", o médico apontou, satisfeito, observando a chapa contra a luz, um mês engessado e uma dorzinha formiguenta que ressurgia até hoje quando o frio se anunciava. Então, para Dagoberto, ficar naquela posição, o fuzil no ombro, imóvel, era aflitivo, ardiam os músculos, o braço parecia queimar, e ele temia que a qualquer momento a arma escorregasse e desabasse no chão... Tinha pesadelos com isso! Acordava de madrugada, assustado com os urros do primeiro-sargento Krollmann... Nos exercícios de campo, chegou a ficar cinco dias sem tomar banho, dormindo poucas horas, o uniforme embarrado, fedendo a suor, a morrinha da chuva, buscando desesperado seguir as inextricáveis instruções de guerra. No quartel, aprendeu a dirigir e treinou datilografia — nas horas vagas, estudava desenho de mecânica por correspondência no Instituto Universal Brasileiro. Naquela época, acamaradou-se dos colegas do pelotão, havia até mesmo feito amizade com um e outro — o Costa, o Nicácio, o De Souza, principalmente o De Souza —, mas de todos se afastou, corroído por um ódio tão grande, que, mesmo ao recordar agora, passados tantos anos, subia-

-lhe um amargor na boca... O soldo dava somente para alugar um quartinho sem janela, infestado de pulgas e percevejos, na pensão Trás-os-Montes, na avenida Getúlio Vargas, onde conviviam aposentados, funcionários das malharias, empregados do comércio, caixeiros-viajantes, estudantes pobres, malandros, pequenos traficantes. Sem dinheiro, poucas vezes animou-se a voltar a Cataguases, quando se dirigia ao trevo da Floresta para pegar carona até a Rio-Bahia. A maior parte do tempo permanecia em Juiz de Fora — num fim de semana comia na casa do De Souza, no São Benedito; no outro, aparecia de surpresa no endereço do Costa, em Santa Terezinha; mas nunca visitava o Nicácio, que se resguardava envergonhado porque morava no Buraco do Olavo, uma favela com fama de perigosa. Em junho descobriu que Manuel, orientado pelo padre Roland, havia ingressado no seminário redentorista da igreja da Glória, e avistou-o duas ou três vezes. Manuel compartilhava seus planos de dedicar-se à vivência de Cristo entre os pobres, O verdadeiro sentido da religião, argumentava, os olhos brilhando. Dagoberto admirava-se com a determinação do amigo, pois ele mesmo sentia-se cada vez mais perdido, sem a mínima ideia do que fazer da vida.

46 — *Um bom lugar*

Com cuidado para não despertar Adalgiza, Dagoberto levanta para ir ao banheiro. Mesmo com as luzes apagadas, caminha sem sobressaltos — aliás, poderia percorrer os aposentos de olhos fechados, sem esbarrar em nada, pois conhece a mais leve ranhura do sinteco, a mais invisível deformação da parede, o mais minúsculo pontinho de sujeira no teto, já que cada detalhe daquele sobrado levava impressa sua assinatura. Ao se casarem, moraram alguns anos de aluguel no Piqueri, espremidos num apartamentinho de três cômodos, economizando em tudo, menos no de-comer, porque Dagoberto botara na cabeça comprar uma casa, que teria vários pavimentos destinados às famílias que os filhos constituiriam, e, nos almoços de domingo, fartos e barulhentos, ele, à cabeceira, regeria a todos, juntos e felizes. Fim de semana, colocava a Giza e o Bruno no Chevette Hatch verde que adquirira de segunda-mão, e percorria sem pressa os bairros da Zona Norte em busca do lugar que idealizara — seu Dieter orientou-o a não morar muito longe da Voith, para evitar os longos deslocamentos, "'Qualitate' de vida", explicara. Quando a Giza estava grávida de quatro meses da Jaqueline, passou em frente a um sobrado na rua Saguairu, na Casa Verde, placa de vende-se, seu coração disparou. Estacionou o carro, ficou bravo porque a mulher não quis acompanhá-lo, saiu, postou-se na calçada, examinou o imóvel, retornou, e, antes de dar a partida, disse, segurando o volante, aliviado e ansioso, É aqui, Giza, é aqui que vamos desfrutar dos nossos filhos, dos nossos netos, da nossa velhice. Com o dinheiro da caderneta de poupança garantiu o sinal ao proprietário, e cobriu o restante com o fundo de garantia e um empréstimo que levantou na Caixa Econômica Federal. Demorou alguns meses ainda promovendo uma ampla reforma, e, quando mudaram, apenas os quartos do Bruno e da Jaqueline, recém-nascida, encontravam-se devidamente decorados. Na época, com a inflação descontrolada, o dinheiro derretia nas mãos, então, para adquirir móveis e eletrodomésticos, Dagoberto se desdobrava em horas-extras na firma, e, tempos depois, resolveu alugar o térreo para um conhecido, que o transformou em depósito de produtos que contrabandeava do Paraguai.

47 — Guerra fria

Em nenhuma das inúmeras casas onde moraram havia forro no teto, de tal maneira que as paredes, finas, subiam apenas até certa altura, formando uma espécie de antecâmara sob o telhado, que tornava comuns todos os barulhos dos cômodos. Dagoberto dormia na parte de cima do beliche, Roberto embaixo, Gilberto na cama-de-armar e Betina no sofá-cama da sala, o que detestava, pois a obrigava a levantar-se assim que a casa acordava. O pai gostava de se manter informado dos acontecimentos e para isso adquirira um enorme rádio Oberon, cujas válvulas demoravam a esquentar e que chiava e chiava e chiava, mais parecia uma "caixa de abelhas", a mãe debochava. Sempre que estava em casa, o aparelho permanecia ligado, de dia na Rádio Cataguases, e, à noite, sintonizado em ondas curtas, ele girava e regirava o *dial* e surgiam grunhidos ininteligíveis, que buscava adivinhar, Essa é a BBC, de Londres, minha filha, Essa é de língua castelhana, eu acho, Essa é francesa, não é não?, Essa é do, da, Moscou, será? A mãe, irritada, falava, Pra mim é tudo a mesma coisa, não dá pra diferençar nada! Mas o pai insistia e longínquas palavras estrangeiras flutuavam, subindo e descendo, murmuradas como sob um aguaceiro, até a mãe, perdendo a paciência, dizer, Chega, Aléssio, desliga essa porcaria, pelo amor de deus! Então, de repente, o mundo desaparecia imerso no breu, e só restavam as tosses, os gemidos, os sussurros, que Dagoberto identificava mas desconhecia... Assim, chuleando comentários esparsos do pai, Dagoberto descobriu a bomba atômica, uma arma que poderia destruir o planeta, sem que tivessem sequer tempo de se despedirem uns dos outros. E, a partir desse dia, enquanto a vizinhança inteira ressonava, ele apavorado rolava no colchão, os olhos arregalados, o peito opresso, receio de que, caso os fechasse, tudo à volta se desintegraria. Muitas vezes, despertava no meio da madrugada e "sentia" a neblina silenciosa da morte assentando sobre os corpos inertes do pai, da mãe, dos irmãos. Queria gritar, chamar alguém, mas conservava-se hirto, como se fios invisíveis o amarrassem e amordaçassem. Essa agonia durava quanto?, alguns segundos?, alguns minutos?, até que, finalmente, a voz irrompia na garganta e jorrava num berro desesperado. Por isso, vivia ensonado, dormitava na aula, o dia inteiro apatetado. Preocupado, o pai dizia, Tem que levar esse menino no médico, minha filha, isso não é normal, mas nunca tomava a iniciativa. A mãe ameaçava Dagoberto com uma surra, para deixar de ser bobo, e acusava o pai de encaraminholar o filho, desde que contara a história da cadela Laika, morrendo sozinha no espaço, ele não era mais o mesmo...

48 — *Heriberto*

Heriberto era a "rapa do tacho" — a mãe engravidou por descuido, quase morreu, chegou no hospital pernas inchadas, dor de cabeça, vista embaralhada, pressão alta, teve que se submeter a cesariana, todos os outros filhos nasceram quase despercebidos, menosprezava as mulheres que diziam que sofreram o diabo no parto, ela nada, nunca, só daquela vez, então o médico aproveitou e ligou suas trompas. Dagoberto era mais velho que Heriberto onze anos, entre eles havia Roberto e Gilberto, não estabeleceu qualquer afinidade com o caçula, mas acompanhava-o de longe, orgulhoso de seus feitos. Quando ele entrou para a Escola Polivalente, sem influência alguma do pai, a mãe chamou a meninada da vizinhança para comemorar — encomendou bolo confeitado na padaria Brasil e comprou duas garrafas de Coca-Cola família —, o que causou ciúmes nos irmãos, principalmente em Roberto, que jamais a perdoou por essa deferência. Heriberto demonstrou enorme interesse pelas aulas de práticas agrícolas, e, para surpresa de todos, encaminhou-se para o curso técnico no Colégio Agrícola de Rio Pomba. Independente, morava interno a sessenta quilômetros de Cataguases, vinha uma vez por mês, a mochila lotada de roupa suja, corpo espigado, cabelos em redemoinho louros e finos, rosto cheio de cravos e espinhas, calado e distraído. Essas, as últimas lembranças que Dagoberto guardava do irmão. Recebido o diploma, sumiu para os lados do Mato Grosso, não voltou mais, nem para visitar a família. Pela mãe e por Gilberto, que ligavam para ele de vez em quando, Dagoberto soube que Heriberto gerenciava uma imensa fazenda de arroz, num lugar chamado Nova Xavantina — o dono, um gaúcho, doutor Lins de Andrade, advogava em Brasília, o sogro era general ou coisa parecida. Heriberto contava que, no começo, a região era muito perigosa, muitos bugres selvagens, e que, para espantá-los, o doutor Lins de Andrade usava um aviãozinho que, em voos rasantes, despejava DDT neles. E também havia os pistoleiros contratados, que, quando deparavam com algum índio nos limites da propriedade, atiravam para acertar mesmo. Mas isso havia sido em outra época, quando ele chegou a fazenda achava-se limpa, graças a deus. O doutor Lins de Andrade aparecia de quinze em quinze dias para supervisionar as coisas, em julho tirava duas semanas de férias, ou pescando no rio das Mortes ou caçando onça, mas apenas para admirar, não para matar, tinha pena, achava o bicho bonito demais. Os patrões gostavam muito dele, tanto o doutor Lins de Andrade, quanto a esposa, doutora Júlia. Agora compraram mais terras, em outro município, novecentos quilômetros para dentro, para plantar soja, o ouro verde do Brasil, que seriam administradas por Heriberto. Ele casara com moça sulista, diziam que estava bem de vida, mas que continuava magro, pelas fotografias, e fechado, pelas reticências ao telefone.

49 — Padre Roland

Numa de suas últimas participações na comilança de sábado à tarde na casa da Claudinha, Dagoberto presenciou uma exaltada discussão entre Pratinha Pobre e Hélder, que, de alguma forma, coroava o clima de tensão e mal-entendidos que vinha desgastando os encontros do JUAC. Dagoberto se surpreendeu com a agressividade do Pratinha Pobre, que, embora petulante, nunca havia demonstrado tamanha ira, e com a pronta intervenção do padre Roland, que enfaticamente assumiu a defesa de Hélder. Da mesma maneira que havia se iniciado, o bate-boca terminou, sem que nenhum dos outros membros do grupo compreendesse o que havia se passado. Admoestados pelo padre Roland, os contendores colocaram uma pedra sobre o assunto, mas Dagoberto intuiu que, de alguma forma, aquele episódio marcava o fim de um ciclo. O que todos sabiam é que Hélder vinha tendo problemas com a polícia, o delegado, doutor Aníbal Resende, bradava no programa Roda Viva, da Rádio Cataguases, sábado de manhã, que na sua jurisdição não floresciam maconheiros, invertidos, agitadores. Sob a acusação de vagabundagem, o doutor Aníbal arrastou Hélder para a Cadeia, em três ou quatro ocasiões, mas, não podendo encerrá-lo por detrás das grades, por ser de-menor, apenas aplicava-lhe uns tapas no rosto, uns chutes nas pernas, uns beliscões nos braços, dizendo, Cuidado comigo, seu *hippie* de merda! Na verdade, todos também sabiam, o alvo do delegado não era Hélder, mas o padre Roland, por quem alimentava profunda aversão. O doutor Aníbal apreendia o Hélder, colocava-o mofando numa sala abafada e úmida, cuja pequena janela abria-se para o rio Pomba, e aguardava paciente, cigarro após cigarro, o barulho rascante da mobilete, que anunciava a chegada atabalhoada do padre Roland. Então, calmamente ele saía à porta do prédio e saudava, sarcástico, Eis o nosso padre vermelho! O doutor Aníbal falava, nas rodas de cafezinho do Bar Elite, que um dia ainda iria desmascarar aquele comunista covarde que se escondia por debaixo da batina, embora, na verdade, o padre Roland andasse de calça de brim e camisa social, ambas surradíssimas, e pusesse os paramentos apenas na hora da missa. Consagrado no seminário de Pont-l'Abbé d'Arnoult, padre Roland aportou no Brasil em 1962, como missionário em Campinas, mas, depois de 1967, refugiou-se em Cataguases. Bonito, atlético, olhos castanho-esverdeados que cintilavam por detrás dos óculos de lentes grossas, percorria a cidade de ponta a ponta solicitando comida, roupas e remédios para distribuir aos necessitados. Sua maior alegria era organizar piqueniques em lugares ermos, ele à frente, equilibrando-se na mobilete, uma batuta imaginária na mão, regendo os juaquins atrás, de bicicleta, esgoelando estropiados versos de músicas francesas que ele insistia em ensinar. Dagoberto conseguia ainda cantarolar trechos de algumas delas, sem entender o significado, "Aluéte, jantil aluété/ Aluéte, je te plimerê/ Je te plimerê la téte/ Je te plimerê la téte/ Ê la téte/ Ê la téte...". Divertiam-se estendendo ao máximo a retomada da estrofe, "Aaaaaaaaaaaaaaaaluéte, jantil aluéte...". Havia uma canção que o comovia profundamente, "Ô clér de la lune, monamí Pierrô/ Préte-moá ta plume, purecrir an mô/ Ma chandele é morte, je né pli de fê/ Uvre-moá ta porte, pur lamur de Diê...". E também aquela que fazia sucesso na rádio, "Dominique, nique, nique", mas, dessa, Dagoberto só lembrava o começo, "Dominique, nique, nique, nique, nique, nique"... Sons que ecoavam em seus ouvidos... Imagens que sobrenadavam em sua memória... Os sermões indignados do padre Roland, condenando a riqueza de uns e a pobreza da maioria, advertindo os fiéis de que Jesus, de seu, possuía apenas as vestes que usava... Os paroquianos reclamavam, evocavam os tempos antigos, queriam padre de sotaina preta, que falasse com voz baixa, e pausadamente, das coisas do espírito, que se limitasse a ouvir as confissões e perdoar os pecados, que patrocinasse animadas e bem-comportadas festas e quermesses, que celebrasse casamentos e batizados e missas de corpo presente e de sétimo dia, que agisse enfim como escriturário de Deus, não como juiz. Não suportavam as músicas modernas dentro da igreja... Consideravam um absurdo que o padre Roland fosse visto ajudando a encher laje, a erguer paredes, a assentar pisos em obras na periferia; horrorizavam-se ao saber que ele brigava com o delegado para soltar bêbados, arruaceiros e até veados e marginais da Cadeia; escandalizavam-se com suas idas à Ilha para conversar com as prostitutas; injuriavam-se por ele escancarar as portas da casa paroquial para abrigar uma escola improvisada para crianças que não tinham onde estudar; chocavam-se por ele frequentar a casa da dona Rita, uma mulher desquitada... Quem ele pensa que é?, perguntavam, exaltados, enquanto espalhavam boatos de que o padre Roland desencaminhava a juventude com suas liberalidades...

50 — *Os passos perdidos*

A madrugada estende seus lençóis de silêncio sobre a cidade. Sentado na sua poltrona verde, Dagoberto lembra da Tia Alfácia mexendo a calda de açúcar no tacho de cobre. O corpo baixo e gordo, enfiado num vestido cinzento, cinzento como seus cabelos presos num lenço também cinzento, debruça-se sobre o fogão-de-lenha. Com uma enorme colher de pau, sua mãozinha manchada retira a "prova" e deixa-a escorrer para um copo d'água. Então, os dedinhos inchados verificam a consistência do ponto, Se não tira na hora certa, desanda, ela explicava, Um pouco antes, não dá liga; um pouco depois, endurece. Assim também Giza, Dagoberto pensa, sempre à beira do abismo. Por qualquer senão, explodia, colérica; por qualquer senão, encolhia-se, entorpecida. Não fosse pelos filhos, que amava acima de tudo, talvez demonstrasse arrependimento por ter se unido a ela... As coisas saíram bastante diferentes do que sonhara... Queria uma vida tranquila, sem grandes percalços, em tudo oposta ao que suportara em criança, a mãe desdobrando-se agastada para compensar as fantasias infrutuosas do pai, continuamente sob ameaça de serem despejados por falta de pagamento do aluguel, desde cedo obrigados a assumir as rédeas de suas existências, congraçados apenas pela solidão em família. Entretanto, no sobrado partilhavam um convívio tenso, Dagoberto incompreendia o gênio esquivo da mulher, trancada em sua infelicidade, como se cultivasse um jardim de tormentas, um incômodo mútuo que nutria discussões descabidas e apartava-os mais e mais. Às vezes, se perguntava como teria sido, caso houvesse trilhado outros caminhos... Acanhado, namorara pouco, demorava semanas ensaiando se declarar, até ver a musa de sua insônia de braços dados na praça Rui Barbosa com outro sujeito, até descobrir que a musa de sua insônia zombava de sua insegurança, de sua jequice, de sua pobreza... Ao regressar de Juiz de Fora, cumprido o serviço militar, enrabichara com Marli, que conhecera por acaso num baile do Aexas. Marli concluíra o curso normal no Colégio das Irmãs e dava aula particular de Português e Matemática. Durante um ano, Dagoberto frequentou a casa do Pouso Alegre, o pai, seu Januário, contramestre na Manufatora, gostava muito dele, já o tratava como genro, embora a mãe, dona Inácia, não escondesse a antipatia, achava que a filha merecia coisa melhor que um simples empregado da fábrica de papel. Aconchegados no sofá de napa, suspiravam, urdindo jubilosas cenas vindouras, onde não faltavam crianças rechonchudas, lar equipado com os melhores móveis e a última palavra em eletrodomésticos, e, por que não?, carro na porta... Aos sábados, recebiam permissão para passear, vigiados pelo Dé, o irmão caçula. Compravam pipoca, sentavam no banco e, mãos atadas, ficavam observando as moças e moços rodarem a praça Rui Barbosa... A felicidade parecia guardá-los... Porém, cismado, Dagoberto começou a acreditar que talvez dona Inácia estivesse certa, Marli, bonita, inteligente, encantável; ele, desengonçado, introvertido, limitado... E a tenebrosa sombra do ciúme pouco a pouco cobriu-o por inteiro... Surgia no bairro, em horas incertas, cavalgando sua Monark vermelha, só para conferir os modos de Marli... Chegou a permanecer de tocaia noite após noite, em frente à casa dela, envenenado pela desconfiança... Acuado por seus próprios medos, instigava brigas por nada, acusava-a por coisas imaginadas, ofendia-a, injusto e despótico. Depois, sozinho, o remorso roía seu estômago, chorava, estúpido, estúpido, estúpido, como podia agir assim com a Marli, tão boa, tão séria, tão generosa... Pedia desculpas, um maço de flores, uma caixa de bombons, um vidrinho de perfume, prometia emendar, jurava não mais aborrecê-la com aquela besteiragem sem sentido, mas bastava um gesto, um olhar, um sinal, e ampliava as ofensas, reavivava as acusações, inflamava as brigas. Até o dia em que seu Januário atendeu a porta, no lugar da Marli, e, em vez de convidá-lo a entrar, saiu em direção ao fim da tarde abafada de sábado, outubro ou novembro. Após uns dez minutos em que lado a lado caminharam em silêncio, seu Januário, constrangido, falou, A Marli quer ver você mais não. Dagoberto sentiu-se engolfado por um torvelinho... Mas não disse nada... Nem mesmo perguntou por que ela tomara aquela decisão, pois conhecia a resposta... Mantiveram-se mudos até alcançar a praça da Estação. Seu Januário então parou, disse, embaraçado, Bom, acho que é isso, deu meia-volta, e Dagoberto o viu sumir no túnel penumbroso que os galhos dos fícus emaranhados formam sobre a calçada... As pernas bambas conduziram-no à banca do seu Pantaleone, onde quedou-se, catatônico, a contemplar as lombadas dos livros de bolso cagadas de mosquitos... Como estará Marli agora? Na época em que deixou Cataguases, ela lecionava no Colégio João XXIII e estudava Pedagogia na Fafic... Será que em noites abafadas como essa, nem que por um lapso, ela ainda lembra dele?

51 — *Vagas estrelas*

Em Juiz de Fora, Dagoberto sempre exausto. Ao regressar do quartel à noite, depois daqueles infindáveis treinamentos físicos e monótonas tarefas — pintar paredes, aparar grama, tirar serviço no almoxarifado ou na cantina —, quebrava a cabeça debruçado sobre as complicadas lições e exercícios do curso de desenho de mecânica. Irritava-se porque, enquanto buscava aprimorar-se na profissão, "visando ampliar os horizontes", escândalos e confusões agitavam os corredores da pensão. De quando em quando, a polícia promovia uma diligência no lugar, atrás de algum arruaceiro, algum batedor de carteira, algum vigarista, alguma prostituta. Não bastasse tudo isso, e mais as pulgas e os percevejos e os pernilongos, havia ainda o vizinho de parede, seu Novelino, um velhinho aposentado da Becton Dickinson, que vivia se gabando de certa vez ter viajado aos Estados Unidos para conhecer a sede da empresa, prêmio por produtividade. Ele retornava tarde de um carteado na rua Santa Rita, onde perdia todo o seu dinheiro, e ligava a televisãozinha portátil, na maior altura, meio surdo, não perdia um filme da Sessão Coruja. Não adiantava reclamar, ninguém tomava providência, ele era dos mais antigos inquilinos e aparentado da mulher do seu Loureiro, o dono da pensão. Dagoberto cabeceava no ônibus que o levava ao 4º GAC, cochilava escondido nas reentrâncias dos pavilhões, e, quando eventualmente ia a Cataguases carregando roupa para lavar, dormia o sábado e o domingo inteiros, só levantava para almoçar e jantar. Preocupado, o pai dizia, Esse menino está doente, minha filha, isso não é normal, mas a mãe respondia, Ele sempre foi assim, Aléssio, desde pequeno... No quartel, Dagoberto já se acostumara à voz tonitruante do primeiro-sargento Krollmann, que mostrou-se menos mau que prefigurava, e com as ironias do segundo-tenente Veiga, que mostrou-se menos bom que simulava, e que, inclusive, o apelidara de Soneca, como todos os outros recrutas agora o chamavam. Então, chegou seu aniversário, e ele, Nicácio, Costa e De Souza combinaram de comemorar assistindo um *striptease* na rua Henrique Vaz. Excitados com a aventura, detiveram-se de botequim em botequim, ao longo do trajeto, tomando cachaça e comendo biscoito de polvilho. Ao alcançar o lugar, estavam tão bêbados que não os deixaram entrar. Costa, o mais forte e encrenqueiro, xingou e empurrou o leão-de-chácara, o Nicácio, buscando protegê-lo, se interpôs e levou um tremendo murro no queixo, que o deixou estirado na calçada. De Souza baixou para acudi-lo, enquanto Costa era imobilizado numa gravata. Em torno deles, formou-se uma pequena aglomeração, alguém saiu de dentro da casa berrando, Vão embora agora ou eu chamo a polícia! Sentado no meio-fio, Dagoberto vomitava. Não lembrava como voltou para a pensão. O despertador tocou, acordou sobressaltado, a cabeça latejando, a boca seca e avinagrada, o estômago revirado, maquinalmente enfiou-se na farda e pela primeira vez chegou atrasado no quartel, dez minutos que lhe custaram a manhã inteira de flexões e abdominais sob um sol escaldante. Para piorar, Dagoberto estava escalado para o plantão de vinte e quatro horas, designado para sentinela coberta da guarita dos fundos, um setor ermo, de mato alto e fervilhante de borrachudos. O domingo arrastou-se como uma procissão, lenta e tristemente... Às nove e meia da noite dirigiu-se à reserva de armas, pegou o fuzil e munição, e pôs-se a caminho para render o Pires, o céu, um manto azul-escuro cravejado de lantejoulas. Trocou algumas palavras com o Pires, sujeito estranho, conhecido como Cocão, por causa do formato de sua cabeça, e preparou-se para manter-se espertado no seu turno. O posto era o ponto final de uma estrada ensaibrada, que descia longitudinalmente ao muro do quartel, e que, perfazendo uma curva de quase noventa graus, nos últimos duzentos metros corria paralela ao rio Paraibuna, terminando justo na cancela da guarita. Por ali, nunca circulava ninguém, no máximo contavam casos de recrutas assustados pelo avistamento de famílias de capivaras em excursão ou de algum viralata lírico em peregrinação boêmia. Os sons da orquestra de sapos, grilos, passarinhos, abrigada no brejo, ribombavam dentro da cabeça de Dagoberto... Besteira ter se deixado convencer a participar daquela insensatez... Poderia ter se negado, lembrando que afinal estaria de guarda no dia seguinte... Mas insistiram tanto... Gostava deles... O De Souza falou, Porra, temos que festejar seu aniversário... Não havia como contrariá-los... As pestanas piscavam, alvoroçadas... Os ponteiros do relógio pareciam paralisados... Também... Mania de querer ficar bem com todo mundo, sempre, achando que assim angariava respeito, admiração... Bobagem!... Tarde demais entenderia, ninguém merece nosso sacrifício... Fatigado, os músculos como que escorriam, derretidos, para o chão... Hoje sabe, a vida é decepção, remorso, desencanto... Mas naquela época era bobo, fazia de tudo para agradar os outros, gente boa, esmerava em ser parceiro, orgulhava-se de apontarem-no, pau pra toda obra... E isso só lhe trouxe dissabores... Desprezavam-no, consideravam-no simplório, trouxa, otário... Um curiango pipilava... Uma coruja... Passara o dia inteiro péssimo, de ressaca... Começou a suar... Sentia que a qualquer momento iria desmaiar... Desabotoou a gandola... Encostou o fuzil na parede da guarita... E despertou atordoado com os urros do sargento-dia. Tentou levantar-se, tombou zonzo, pôs-se de pé, apanhou o quepe caído a um canto, perfilou-se, em pânico, e então ouviu o capitão Felisberto — logo ele! —, olhinhos verdes de cobra, perguntando, manso, Onde está sua arma, soldado? E Dagoberto, apavorado, procurou lembrar onde deixara o fuzil, mas seu corpo desabava em queda livre do alto de um abismo.

52 — *Muitos, nenhum*

O pai, canarinho brigando contra a própria imagem no espelho, alegava ter o "espírito livre", porque ouvia rádios estrangeiras de madrugada — na verdade, chiados e ruídos ininteligíveis —, e, na época das eleições, enchia os bolsos com santinhos dos candidatos dos Prata e os distribuía entusiasmado pela cidade. Talvez por isso, caso raro, conseguisse pular de fábrica em fábrica sem que o marcasse a pecha de funcionário impersistente. Embora atormentado pelo ordenado ínfimo que recebia, nunca reclamava, preferia simplesmente endividar-se e tentar a sorte em iniciativas que lhe faiscavam os olhos. Saiu da Manufatora e comprou um moedor de cana elétrico para vender garapa na boca da Ponte Velha, sonho consumido em seis meses. Saiu da Industrial para gerir em sociedade uma quitanda no Beira-Rio, sonho consumido em um ano. Saiu da Saco-Têxtil e construiu um forno de barro para assar pele de porco, que comerciava em sacos plásticos transparentes, sonho consumido em oito meses. Saiu da Irmãos Prata para vender carnê do Baú da Felicidade de porta em porta, sonho consumido em dois anos. Saiu da Industrial para iniciar uma criação de coelhos, sonho consumido em uma semana (os bichos cavaram um buraco no cercado e fugiram). Aposentado, ganhando salário-mínimo, ergueu, financiado pelo Gilberto, um pequeno cômodo nos fundos da casa para fabricar desinfetante, que comerciava nas vizinhanças. Gilberto ria das "loucuradas" do pai, não adiantava tentar impedi-lo, ele empaca, como um burro. Então, começou a apresentar comportamento estranho, esquecia das coisas, ficava irritado, agressivo, totalmente contra a natureza dele, a mãe queixava-se ao telefone. Dagoberto afirmava que logo iria visitá-los, mas adiava, falta de dinheiro, falta de tempo, falta de ânimo... Culpava-se por não cumprir a promessa, afinal, apesar de malsucedido, não fora mau pai, até porque, para ser mau pai há que despender esforços, e ele encontrava-se sempre ocupado em arranjar maneiras, as mais esdrúxulas, de tornar-se patrão de si mesmo... Pouco a pouco, seguindo as pegadas da mãe, os filhos deixaram de levá-lo a sério; sem paciência para escutar seus devaneios, o pai virou brinquedo abandonado...

53 — O que não pode ser

Depois que malogrou o namoro com Marli, Dagoberto ensimesmou-se ainda mais. Largava do serviço na fábrica de papel e, cruzando veloz a cidade em cima de sua Monark vermelha, desaguava diretamente em casa, como se portasse antolhos. Chegava, livrava-se do macacão fedendo a graxa, esfregava as mãos com pasta Joia, tomava banho, jantava e trancava-se amuado no quarto. Despendia horas mirando o entrelaçamento dos caibros e a cumeeira que sustentam as telhas, as teias de aranha, os picumãs, os trincos na parede, a poeira que assenta suave sobre o chão de cimento, a luz vespertina que pouco a pouco esvaía, agonizante, até desaparecer diluída nas sombras, quando então os barulhos dilatavam-se, a mãe lavando vasilha na cozinha, a água escorrendo da torneira, o pai sussurra qualquer coisa, o rádio ligado, algazarra de crianças brincando de pique-salve na rua, o motor de um carro que passa, uma televisão ligada, uma conversa ríspida no cômodo vizinho, latidos de cachorros, vozes longínquas... Atormentava-o lembrar-se que seus colegas do Senai haviam ido embora para São Paulo e encontravam-se bem colocados, sentia que ficara para trás, que não conseguiria mais apanhá-los... A mãe não perdia oportunidade para elogiar os irmãos, Gil, tão novo, já ganha uns trocados pintando fachadas no comércio... Beto anda para cima e para baixo com apostilas de concurso debaixo do braço, logo logo aprovado, Banco do Brasil, Caixa Econômica, fiscal do estado, pôs na cabeça que vai trabalhar para o governo, até inglês fazia, quem não sabe inglês não tem futuro, ele sentenciava, arrogante. Todos se empenhavam em dar rumo na vida... Dagoberto temia tornar-se mais um dos milhares de operários que enxameavam as ruas com suas bicicletas às seis da tarde, regressando ao lar extenuados após oito horas de trabalho, dia após dia, mês após mês, ano após ano, até a hora em que, não aguentando mais tocar uma cardadeira, um tear, um torno, sentavam-se no sofá da sala à espera de que tudo findasse, como se, terminado seu turno, aguardassem apenas a vinda de alguém para substituí-los... Dagoberto precisava ir embora de vez.

54 — *O sol escuro*

O sono despedaçado, Dagoberto errava pelos cômodos. Penetrou pé ante pé no quarto onde dormiam Bruno e Aleksandro para espiá-los, envolvidos pela luz azul que emanava do abajur; entreabriu a porta do quarto da Jaqueline, atento à respiração ritmada de seu corpinho frágil; voltou a abancar-se na poltrona verde. Tinha imenso orgulho de poder garantir a eles o abrigo de um teto duradouro, coisa de que nunca usufruíra. Levara a vida inteira aspirando habitar um espaço que pudesse proclamar, É meu, e ali encontravam-se agora, despreocupados do amanhã. Lembrava com mágoa das ocasiões em que, criança, foram despejados, toda mudança perdia algo, brinquedos, amizades, as marcas de crescimento riscadas na parede... Estavam sempre recomeçando, nova moradia, novos vizinhos, novos colegas, e não adiantava se amoldar, a certeza de que o senhorio surgiria gritando, Ou pagam o aluguel ou jogo tudo na rua... E lá se iam carregando os trens para outro endereço provisório... Distraía-se imaginando futuros... Para cada filho, o sobrado ganharia um pavimento... Despenderia o tempo rodeado pela família que crescia... Só de pensar na barafunda dos netos espalhados pelos cômodos, sorria, embevecido... Entretanto, um ruído qualquer, o eco de passos na calçada, o estralo de um móvel, o murmúrio de um sonho, puxavam-no para a superfície, havia Giza, aquela doença incompreensível da Giza, obrigada a entupir-se de remédios que faziam-na despencar para dentro... Agasalhada num robe, cabelos despenteados, olhos mortiços, zumbizava na noite eterna arrastando os pés gelados enfiados em pantufas. No começo confusos, pouco a pouco Bruno e Jaqueline emancipavam-se, sabiam não poder contar com as mãos trêmulas da mãe para nada... Indefeso, o caçula buscava sua atenção, inutilmente... Então, por um instante, Dagoberto deplorava ter conhecido Adalgiza, para logo em seguida, assustado, sacudir para longe aquela ideia absurda, não, sem ela nem haveria os filhos tão amados!... Porém, um raciocínio ainda mais perturbador avultava, e ele desejava, não, não desejava, cogitava apenas, se ela, por acaso, deixasse de existir, a partir de agora, desse momento, talvez, quem sabe, sofreriam menos, todos... Não, não devia nem brincar com isso, pecado!, amanhã, hoje, daqui a pouco, embarcariam num avião, desfrutariam de dias maravilhosos, quando regressassem as coisas seriam diferentes, começaria uma nova etapa... Não, não acreditava nessa possibilidade... Giza sempre fora esquisita, sorumbática, reclusa... Houve tempo em que julgou os compromissos advindos do casamento a transformariam... Moravam no apartamentinho do Piqueri, ela, grávida do Bruno, percorria as ruas do Pari para completar o enxoval do bebê, e, à noite, ao Dagoberto chegar da Voith, ela estendia as peças na cama e ficavam ambos mudos, observando inebriados o tamanhinho das roupas... Aos domingos, recebiam a Ocília e o noivo dela, o Vitão, conversavam, tomavam cerveja — só os homens, nem Giza nem a irmã suportavam bebida alcoólica —, almoçavam, e, depois, umas vezes jogavam buraco tarde adentro, outras saíam a passear de carro, incursões curtas e baratas, a inflação carcomia os salários e Dagoberto planejava comprar um imóvel... Giza parecia contente... O nascimento do Bruno transcorreu sem grandes tribulações, ela o cutucou de madrugada, falou, É hora, Dagoberto levantou-se num átimo, pegou a bolsa já arrumada no guarda-roupa, desceu para esquentar o motor do Fiat a álcool. Convocado para padrinho, Gilberto contratou fotógrafo para acompanhar o batizado na igreja de Nossa Senhora do Rosário de Fátima, em Pirituba, e seu Dieter, cuja filha adolescente, Klara, foi escolhida por Dagoberto para madrinha, contrariando Giza, presenteou-os com um envelope que deixava entrever algumas notas de dinheiro. Providenciaram a recepção, simples, no minúsculo salão de festas do prédio, onde serviram coxinhas, quibes e rissoles encomendados na padaria vizinha. Desabusado, Vitão enchia os copos plásticos do seu Dieter e da dona Verena com vinho nacional, que eles, educadamente, engoliam às pressas. Despediram-se, vermelhíssimos, falando uma língua misturada que ninguém compreendia, enquanto Klara, entre envergonhada e divertida, se desculpava num português perfeito. Meses depois, o noivo da Ocília — não havia meios de Dagoberto recordar seu nome, só o apelido, Vitão... — conseguiu emprego em Rondônia, casaram-se às pressas, foram embora, e, daí para a frente, Giza principiou a desescalada, como se a irmã, mais velha, funcionasse como esteio para ela. Não demorou muito, engravidou da Jaqueline, dessa vez, porém, tudo diferente, afoita, brigava por nada, atacando-o com o que estivesse à mão, o corpo de Dagoberto um mapa de arranhões, manchas, pisaduras, quadro que findava sempre com ela arrebatada, chorando convulsivamente. Temia, à noite, fechar os olhos, medo de que Giza atentasse contra si mesma, ou contra ele ou contra o bebê que esticava sua barriga. Data dessa época seu sono intervalado, o refúgio na sala, velando a casa reclinado na poltrona verde adquirida de segunda mão numa loja na avenida São João. Seu Dieter regressara à Alemanha, queria que Klara fizesse faculdade na terra-natal, mas antes o promovera na firma, encontrava-se em ascensão profissional, não podia deixar-se abalar pelos desatinos da Giza, que, doente dos nervos, recusava seguir os conselhos da médica para procurar um psiquiatra, gritava que não era maluca, acusava de estarem todos conluiados para se livrar dela. Ao nascer a Jaqueline, rejeitou a coitadinha. Dona Amara, uma velhinha pernambucana do andar de baixo, convenceu Giza a bombear o leite abundante dos peitos, que ela, penalizada, transferia para mamadeiras com que alimentava a neném. Prestativa, dona Amara ainda se encarregou do banho e da cura do embigo da menina. Mesmo sem dinheiro, Dagoberto admitiu a Jane, que cozinhava, lavava, passava, olhava as duas crianças — e Giza o insultava, alegando que ele dava de cima da moça, uma pobre-coitada mal chegada da Bahia, que vivia assombrada pelos cantos, sem entender por que a patroa a tratava daquele jeito... Então, quando mudaram para a Casa Verde, Giza rumou para a outra margem. Despediu a Jane, dizendo que ela mesma cuidaria do sobrado, levantava cedo e principiava a jornada: espanava os móveis duas, três vezes ao longo do dia, esfregava o chão da cozinha e da área de serviço com água sanitária depois do almoço, varria compulsivamente a calçada pela manhã e no fim da tarde, e, à noite, assistia desassossegada a novela das oito rastreando o teto e o piso em busca de vestígios de sujeira... Os filhos na creche, perambulava pelo Centro nos interregnos da faina doméstica em busca de "coisinhas" para adornar a casa, bibelôs, ímãs, enfeites, gravuras, vasos, placas, imagens, tapetes, caminhos-de-mesa, toalhinhas, almofadas, edredons, abajures, lustres — e perfumes... Vidros e mais vidros de perfume, que empesteavam os cômodos e provocavam engulhos, tão fortes... Para tentar compensar a hiperinflação que derretia o dinheiro, e também para permanecer fora o maior tempo possível, Dagoberto desdobrava-se em horas-extras, que por vezes avançavam os fins de semana. E veio inesperada a gravidez do caçula... Bruscamente, Giza interrompeu a "loucurada" dos carnês de prestações, abdicou da rotina faxinal, desinteressou-se de si mesma, adernando no que o médico chamava de "cruel enfermidade" e que a Dagoberto semelhava um redemoinho que sugava tudo para o fundo de um poço sem fundo. Mesmo sem recursos, Dagoberto teve que arrumar empregada para tomar conta da casa, que andava de cabeça para baixo, mas nenhuma parava muito tempo no serviço, quando Giza emergia da escuridão acusava-as de tentar embruxá-la para roubar sua alma, de querer envenená-la para ficar com seus filhos, e xingava-as, e ameaçava-as, e chegou mesmo a agredir uma delas com o cabo do rodo, um sacrifício convencê-la a não dar parte na polícia... Não tinha a quem recorrer... Escrevera várias cartas para Ocília, no endereço que haviam fornecido em Ouro Preto do Oeste, nunca obteve resposta, pensou em contatar os parentes do Ceará, mas tanto Giza quanto a irmã insistiam que na vida só dispunham uma da outra... Conhecia tão pouco do passado dela!... Apenas retalhos costurados a partir de conversas ouvidas por acaso, a infância de privações num sítio perto de Monsenhor Tabosa, onde plantavam uns mixurucos pés de milho, mandioca, feijão e jerimum, e um gadinho esquálido e meia dúzia de cabras mastigavam o ar seco do sertão. Tão miseráveis, criavam-se como bichos, largados quase pelados pelo terreiro, e, se alguém aparecia por lá, algo raro, enrodilhavam-se alarmados e curiosos dentro do casebre de pau-a-pique... Então, morreu a mãe, depois de parir o décimo-segundo filho — quatro dos quais falecidos pagãozinhos ainda —, e o pai, desacorçoado, decidiu conduzir a família para Fortaleza. Desfez-se dos poucos bens e iniciaram uma jornada de duas semanas, os mais pequenos empoleirados numa carroça puxada por uma burra que mal aguentava a si mesma, os mais velhos arrastando os pés pelo chão crestado, além de um jegue abraçado por duas trouxas, deformadas por trapos e vasilhame... Ocília, a mais velha das filhas-mulheres, devia ter quinze anos, Giza, catorze... Amontoados num barraco na favela do Pirambu, não percebiam nenhuma melhoria em suas vidas, ao contrário, as dificuldades aumentaram mais e mais... Menos de um ano passado, Ocília fugiu — nunca explicou de que maneira chegou em São Paulo... Logo, arranjou emprego numa padaria no Jaçanã, e, ao abrir vaga na outra que o patrão possuía em Pirituba, mandou dinheiro para a Giza, a quem era muito apegada, e ela rompeu três dias e meio de ônibus, até desembarcar num domingo de manhã na rodoviária da Luz, onde a irmã, preocupada, a aguardava. Esse nada era tudo que sabia da mulher...

55 — Tostões de história política

Novidadeiro, o pai se abastecia de notícias pelo Grande Jornal Mineiro-Fluminense, que ia ao ar às onze horas na Rádio

Cataguases, pelos zumbidos indecifráveis que chuviscavam à noite nas estações de ondas curtas, e, principalmente, pelos disse me disse que colhia em suas andanças, às vezes reveladas a altos brados, às vezes sussurradas à boca-pequena. Nas lembranças de Dagoberto, o pai despontava sempre atrasado para o almoço, recolhia o prato de comida guardado no forno do fogão a gás, destampava-o, colocava-o sobre a mesa, sentava e, antes mesmo de levar o garfo à boca, iniciava, com sua voz rouca e baixa, aquilo que a mãe denominava "candonguices do Aléssio": Não sabe o que estão falando na Rua, minha filha... Assim, labirintando pelos cômodos, os acontecimentos alcançavam os ouvidos atentos de Dagoberto, impressionando sua memória, que, muito mais tarde, embaralhados, ressurgiam em forma de reminiscências difusas. Não sabe o que estão falando na Rua, minha filha, parece que derrubaram o governo... A mãe, enxugando as mãos no avental: E o que nós temos com isso? O pai: Dizem que estão atrás dos comunistas... Ques comunistas, Aléssio!?, a mãe esbraveja, mal-humorada, o pai de novo desempregado. Esse povo, minha filha, que... que mata os padres... que é contra os ricos... A mãe, impaciente: Conversa fiada, Aléssio! Você devia é estar preocupado em arrumar trabalho, carteira assinada, isso que é que você devia fazer! O pai afasta o prato: Esse pessoal é coleado com os russos, minha filha, com os russos! Toma um copo de água, deixa a cozinha, aborrecido. Dagoberto recorda a decepção, então, os russos... Porque gostava dos russos... Laika era russa, o cosmonauta Gagarin era russo, o Aranha Negra era russo... Aproveitou a ausência do pai, perguntou: Mãe, eu também sou comunista? Ela agarrou seu braço, com força, e, sacudindo-o, gritava: Vai começar com palhaçada, Dagoberto?! Olha que eu te dou uma coça, está entendendo?, te corto no corrião, está entendendo?! Dagoberto esforçou-se para esquecer aquele episódio, mas não havia jeito, às vezes brincando na rua passava o jipão da polícia, seu corpo principiava a tremer, arrumava uma maneira de correr para casa e esconder-se debaixo da cama... De tanto pavor, tomou uma medida drástica, rasgou o álbum de figurinhas da Copa do Mundo de 1962, que havia trocado pela gaiola vazia ganha de presente dois anos antes e mais um saquinho de biloscas, porque havia aqueles jogadores de uniforme vermelho com as letras CCCP no peito, cujos nomes não conseguia pronunciar, Jascin, Maslacenko, Ostrovski, Sciocheli, Dubinski... O pai: Não sabe o que estão falando na Rua, minha filha, parece que prenderam o Zé Preto. A mãe, enxugando as mãos no avental: Que Zé Preto, Aléssio? O pai: Do sindicato, sabe?... A mãe lembrou. O pai: Dizem que ele é comunista. A mãe, indignada: Mas não é aquele que você falava que era a favor dos empregados? O pai, contrariado, respondeu, Eu nunca disse isso, Constança! A mãe: Isso que dá querer ajudar os outros! O pai toma um copo de água, deixa a cozinha, aborrecido, ainda escoltado pela voz da mãe, O povo é ingrato, Aléssio, muito ingrato... Dagoberto recorda o desapontamento, então, ajudar os outros... Porque gostava de ajudar os outros... Uma vez, ao dirigir-se ao botequim para comprar um doce de abóbora em forma de coração, que há tempos cobiçava, deparou com um homem de muletas mendigando na rua, a perna direita da calça dobrada acima do joelho, teve pena, pegou as quatro pratinhas de um centavo que juntara, depositou na mão grossa e imunda dele, saiu em disparada... Outra vez, teve pena de um menino que morava nas vizinhanças, os pés descalços, pegou seu chinelo, bastante esfarrapado já, um prego suturando a correia arrebentada, e deu para ele, apanhou da mãe quando chegou em casa, demorou a ganhar um novo par... E houve outra... e tantas... O pai: Não sabe o que estão falando na Rua, minha filha, parece que o avião do presidente bateu com outro avião... A mãe, enxugando as mãos no avental: Santo Deus! O pai: Não sabe o que estão falando na Rua, minha filha, parece que a coisa está preta no Vietnã... A mãe, enxugando as mãos no avental: Onde é que é isso, Aléssio?! O pai: Não sabe o que estão falando na Rua, minha filha, parece que o homem pisou na Lua... A mãe, enxugando as mãos no avental: Que bobajada, Aléssio! O pai: Não sabe o que estão falando na Rua, minha filha, parece que...

56 — *O tempo*

Uma das poucas distrações de Dagoberto, os filmes salteados entre o Cine Edgard e o Cine Nello, nas noites de sábado impregnadas de cheiro de pipoca. Ao sair da sessão, para evitar atravessar a praça Rui Barbosa lotada, descia a rua do Banco do Brasil e percorria sozinho a avenida Astolfo Dutra, tentando encontrar sentido para sua vida sem sentido. Numa ocasião, após assistir um faroeste no Cine Nello, deu de cara com a Claudinha. Cumprimentaram-se e, no começo constrangidos, tanto tempo não se viam, logo engataram uma conversa amistosa. Perguntou pela dona Rita, Claudinha explicou que a mãe estava ótima, reclamava de dor nas juntas, mas pura manha, a saúde de ferro, continuava dando aula e inventara de voltar a estudar, fazia direito nos fins de semana em Juiz de Fora... Dagoberto convidou-a então a tomar sorvete no Mocambo, ela aceitou entusiasmada, escolheu creme holandês, ele, abacate. Claudinha perguntou por onde havia andado, ele relatou que prestara serviço militar em Juiz de Fora, que um dia encontrara por acaso o Manuel e que, inclusive, o visitara no seminário. Ela o interrompeu, dizendo, empolgada, Ah, o nosso Manuel!, mas ele não vive mais em Juiz de Fora, agora mora em Petrópolis, pra continuar os estudos... Esse vai longe, concordaram, satisfeitos. Manuel que me contou o caso do padre Roland, Dagoberto falou. Ela murmurou, Pois é, e, desviando do assunto, que pareceu estorvá-la, propôs, Vamos indo? Envolvidos pela fragrância enjoativa das damas-da-noite, caminharam rumo ao Beira-Rio, arqueados sob o fardo dos longos hiatos de silêncio. Ao longe, mudos relâmpagos pulsavam no céu escuro... E você?, Claudinha perguntou. Eu?, Dagoberto suspirou, Eu estou trabalhando na fábrica de papel, na oficina... E, de repente saudoso, especulou do pessoal do JUAC. Ela pôs-se pensativa. Acabou, o nosso JUAC não existe mais, agora é outro povo... O Hélder mudou, Belo Horizonte, passou no vestibular de engenharia, pra sobreviver toca violão e canta em barzinhos, quase nunca aparece, mas, quando vem, me procura, falou, envaidecida. Mesma coisa, ele... A Dete, coitada, é que aconteceu uma tragédia, o filhinho dela, de colo ainda, morreu de meningite ano passado... Dagoberto confessou que não sabia nem mesmo que ela havia casado... Continuamos muito amigas, ela engravidou de novo, mas, se você ver ela, não reconhece, tão acabada... Um carro cruzou por eles, uma bicicleta.... Acho que vem chuva aí, Dagoberto comentou. Atiçando a memória, lembrou, E a Elisa?, o Dênis? Frustrada, ela confidenciou, Sumiram, nunca mais tive notícia... Aproximavam-se da casa da Claudinha, os passos ecoavam na rua vazia. E o Pratinha Pobre, o que aconteceu com ele? Ela, visivelmente incomodada, falou, O Osvaldo faz administração em Rio Branco, vai e volta todo dia de ônibus, emendando, Eu é que continuo na vidinha — usou essa expressão, "vidinha", pronunciada num tom profundamente taciturno, e apertou o passo. Despediram-se em frente ao portão, ela desapareceu nas sombras da varanda-garagem vazia. Dagoberto deu meia-volta, e, mal havia percorrido dois quarteirões, a chuva desabou, primeiro em gordos pingos que estrelavam nos paralelepípedos quentes, depois uniforme e violenta como uma cachoeira selvagem. Dagoberto refugiou-se debaixo de uma marquise e, os pés, a camisa e a cabeça molhados, quedou paralisado, observando a água que, escorrendo pelo meio-fio, e represada pela boca de lobo entupida, aos poucos alargava-se numa enorme enxurrada...

57 — Roberto

Para a mãe, Roberto era Beto... Gilberto, Gil; Heriberto, Bertim; Alberta, Betina; Dagoberto, Dagoberto... Fosse nos raros momentos de brandura, nos muitos de raiva, sempre Dagoberto... Nunca fizera jus a um apelido carinhoso, em casa, ou mesmo depreciativo, na rua... Apenas Dagoberto... Já Roberto, não... Desde suas primeiras lembranças, o irmão surge com o ar superior de quem se julga bonito, inteligente, formoso, embora antiquado, irritadiço, antissocial. A mãe o protegia, justificando que, quando bebê, pegou crupe, quase morreu, e a ele reservava o melhor bife, o maior ovo, o primeiro pedaço de bolo, a fornada mais quentinha de pipoca, o pão mais fresquinho, a nata mais amarela do leite mais gordo... Apesar de mirradinho, Dagoberto crescera saudável, sofrera apenas com aquelas besteiras comuns a toda infância, gripe, sarampo, catapora, cobreiro, terçol, micose, erisipela, braço destroncado, talho no pé, estrepe na unha, panela nos dentes, mau-olhado... Na hora da zanga, a mãe zunia o chinelo na bunda dos filhos — menos na de Roberto, que, preservando-se de confusões, não ganhou um puxão de orelha, um beliscão na coxa, um agarrão no braço, e nem mesmo um minuto amargou trancado no quarto, de castigo. Obstinado, Roberto desejava, como dizia, "ser alguém", o que para ele significava tornar-se funcionário público, emprego estável, bom salário, e, por isso, desprezava os irmãos, que, possivelmente, iriam desempenhar papéis secundários na vida — e desprezava em particular o pai, que constrangia a família com suas patéticas aventuras comerciais e sua humilhante inclinação servil aos Prata. Roberto achava-se sempre envolvido com livros e apostilas, que abarrotavam a mesa do quarto, exigindo silêncio para que não perdesse a concentração. De pouca conversa, na maioria das vezes almoçava e jantava sozinho, desenturmado. Dagoberto recordava que, ainda pequeno, o irmão esquivava-se de brincar com outras crianças, achando-as estúpidas e inconvenientes, e, a partir da adolescência, embora "branco azedo" por não tomar sol, e "quatro-olhos" por usar óculos, respeitavam-no por seus músculos. Um dia, por acaso, ele encontrou no Centro, descartado na calçada, o curso completo de Charles Atlas em inglês, que levou para casa com o intuito de aprender o idioma sozinho, mas acabou encantando-se pelo método de "tensão dinâmica", e fazer exercícios físicos tornou-se obsessão. Roberto esmerava em vestir-se bem, calça e camisa de tergal, sapato social, entretanto desgostoso pelos cabelos muito finos, que anunciavam uma indisfarçável calvície precoce. Após servir o tiro-de-guerra, galgou degraus, como planejara. Passou para fiscal de obras da Prefeitura, depois recenseador do IBGE, e finalmente aprovado no concurso da Polícia Rodoviária Federal... Só então revelou que em breve ficaria noivo da Emília, moça fina formada no curso de secretariado do Colégio João XXIII, filha do seu Arnaldo, da Farmácia Felgar, com quem vinha namorando há tempos, sem que soubessem, morria de vergonha da família. Após dois anos no posto de Paracatu, conseguiu transferência para Realeza, bem mais perto de Cataguases, e casou-se, numa cerimônia na igreja-matriz de Santa Rita de Cássia, com recepção refinada no Clube do Remo, sem a presença de nenhum dos irmãos. Do Rio Grande do Sul, Betina enviou telegrama-padrão, algo como "Felicidades aos noivos", o mais barato. Heriberto encontrava-se em algum lugar para cima de Belo Horizonte, pesquisa de campo com a turma do Colégio Agrícola. O convite para Gilberto retornou do Rio de Janeiro, "Destinatário não encontrado" carimbado no envelope. Dagoberto pensou em comparecer, mas vivia período complicado, começava a namorar a Giza, adiou a decisão até a véspera, quando não havia mais passagem de ônibus para Cataguases, suspirou aliviado, comprometeu-se em telefonar no dia seguinte, descobriu que não possuía o número, talvez a mãe tivesse, protelou, não ligou... O irmão arranjou outra transferência, dessa vez definitiva, para Leopoldina. Enriqueceu, tornou-se mais emproado e intolerante, alargando o precipício que o separava dos pais e irmãos. Vaidoso, abandonou os óculos por lentes de contato, desentortou e branqueou os dentes, e gastava fortunas experimentando os mais diversos tônicos capilares, sem resultado, cada vez mais careca. Gilberto, que o detestava, Dagoberto nunca entendeu o motivo de tão arraigada antipatia, é que atualizava os informes: construiu uma verdadeira mansão no Santa Cristina, com piscina, churrasqueira, garagem para seis carros; deve ter umas quinze casas de aluguel espalhadas pela cidade, além de sítio em Cataguarino e loja de roupas esnobes no Centro, que a mulher toca. E de onde vem todo esse dinheiro?, Gilberto indagava, insinuando que Roberto cobrava propinas para fazer vista grossa a irregularidades no posto rodoviário... Dagoberto mantinha-se calado, desconversava...

58 — *Raízes*

Em criança, Dagoberto invejava os colegas, todos contavam com primos, primas, tios, tias, avôs, avós, menos ele. Tia Alfácia, a única parente que conhecera, nem de sangue era, mas emprestada. A mãe recordava vagamente de irmãos com quem convivera na infância, na fazenda do Funil, Nezinha, Sochico, Tiíta, nem mesmo seus nomes de batismo sabia, dispersos pelo mundo, e aquilo machucava feito unha encravada... O pai recusava falar do passado — quando perguntavam sobre os Bortoletto, escapulia, Minha família são vocês, e punha uma pedra sobre o assunto. Heriberto conheceu, em Rio Pomba, um Bortoletto que cursava o último ano do colégio, mas parece que nem chegaram a conversar. Fuçador, Gilberto dizia que, para os lados de Rodeiro e Ubá, Bortoletto era mato. Numa de suas visitas de surpresa, em São Paulo, contou que havia cruzado, certa vez, com um sujeito narigudo e branquelo, que também mexia com gráfica no Rio de Janeiro, e que nem precisavam dizer que eram primos, cara de um, focinho do outro. Tomaram umas cervejas, trocaram número de telefone, prometeram encontrar de novo, nunca mais se viram. Nosso povo é uma raça cismada, ele resumiu. Adolescente, Dagoberto imaginou resgatar os antepassados, mas acabava sempre por distrair-se, e, envolvido pelos dissabores, só de tempos em tempos ainda lembrava disso, como agora, quando mãos invisíveis na noite apertam sua garganta. Agoniado, Dagoberto contempla o caminho percorrido e enxerga apenas um rastro informe, como se trouxesse amarrado ao cós da calça um galho que desmanchava suas pegadas à medida que os pés as imprimiam. Afligia-o não ter um cemitério onde honrar os mortos, afligia-o não ter mortos para chorar, única garantia de que antes dele existiram outros e outros e outros ainda, raízes que mantêm a árvore rija durante as tempestades. Dagoberto se sentia uma piorra rodando, rodando, rodando no mesmo lugar, até um dia tombar para o lado e ser tragado pelo profundo silêncio da longa estrada solitária.

59 — *Punição e clemência*

Os trinta dias encerrado na solitária do 4º GAC convenceram-no de que estava fazendo tudo errado. Quem era ele para pensar que poderia fugir à sina de ser mais que uma bicicleta no meio da multidão operária que cruzava as ruas da cidade, o ritmo determinado pelo apito das fábricas, acordar, sair de casa, bater cartão, voltar para casa, almoçar, sair de casa, bater cartão, voltar para casa, jantar, dormir, descansar no domingo, recomeçar tudo na segunda-feira... Casaria, lutaria para conseguir um lote, levantaria dois cômodos, ampliados em puxadinhos à medida que chegassem os filhos; fim de semana se encharcaria de cerveja e cachaça no botequim; ganharia peso, perderia dentes, cabelos, esperança; a mulher, infeliz, se entulharia de tranquilizantes; acompanharia os enterros de amigos e conhecidos, até chegar a vez de ocupar os sete palmos que lhe cabiam no cemitério. Aqui, as pessoas nascem, sinal indelével na testa formando castas intransponíveis, uns poucos mandam, os muitos obedecem... A ferrugem da amargura lhe corroía por dentro... O sargento-dia enfureceu-se por não conseguir arrancar qualquer reação de Dagoberto quando da prisão em flagrante. Onde está sua arma, soldado?, a voz mansa do capitão Felisberto soava longínqua... Onde está sua arma, soldado Bortoletto?, o urro do sargento-dia ecoava... Mais atordoado pelo sono que pelo susto, Dagoberto manteve-se mudo... Você está encrencado, soldado, muito encrencado, a voz mansa do capitão Felisberto parecia originar-se do rádio Oberon do pai, ora próxima, ora distante... O segundo--tenente Veiga comunicou-lhe que seria enquadrado nos artigos 203 e 265 do Código Penal Militar, dormir em serviço, detenção de três meses a um ano, fazer desaparecer armamento ou munição, reclusão de três anos! Você fodeu com meu pelotão, desgraçado, manchou minha ficha de promoção, imbecil! O capitão Felisberto regozijava-se em humilhar os subalternos. Franzino, muito claro, magro, cabelos precocemente brancos, olhinhos verdes de cobra, a voz mansa dissimulava o profundo desapreço que possuía por qualquer ser vivente. Nascera em Lavras, estudara na Escola de Sargentos das Armas de Três Corações, na Academia das Agulhas Negras, em Resende, e na Casa do Capitão, no Rio de Janeiro, e, após perambular por várias praças Brasil afora, atracara em Juiz de Fora. Cultivava com tal afinco sua fama de cruel, que a guarnição inteira tremia apenas ao ouvir pronunciar seu nome. Corriam boatos de que ele liderava patrulhas destinadas a capturar insurgentes na região, que sentia particular prazer em perseguir universitários, que participava de sessões de interrogatório e tortura no QG, no Mariano Procópio. Diziam que colaborava com grupos anticomunistas e que atemorizava até mesmo os oficiais superiores. Nas horas vagas, podia ser visto absorto nalgum canto deserto, pintando quadros em guache, geralmente paisagens de montanhas... Dagoberto não atinava como havia sumido o fuzil... Ao deixar a solitária, permaneceu detido, vedado ultrapassar os limites do quartel. Saiu apenas uma vez, escoltado por soldados da PE, para ir à pensão acertar as contas e ajuntar as mudas de roupa, uma vergonha, todo mundo olhando desconfiado, um marginal... O segundo--tenente Veiga instigava o ódio do pelotão, lembrando que, por causa dele, eram designados para as piores tarefas, e, em suas preleções, apontava Dagoberto como exemplo do mau cidadão, sujeito descomprometido com o coletivo, com a honradez, gente assim que envenena o Brasil. Apartado, as horas de Dagoberto exalavam em punitivos exercícios físicos e extenuantes atividades, remover com as mãos o mato que cresce entre as rachaduras do pátio cimentado, capinar o matagal que alastra bravio na beira do rio, pintar e repintar as paredes dos pavilhões, lavar pratos na cantina, faxinar os alojamentos, limpar os banheiros, e, todas as tardes, ao findar o expediente, atravessar o "corredor polonês", quando os colegas aproveitavam para descarregar a raiva e a frustração em tapas que imprimiam marcas vermelho-arroxeadas em suas costas. Aos poucos, remendando conversas entreouvidas ao acaso, reconstituiu aquela fatídica noite. O capitão Felisberto veio trafegando tão devagar que o barulho dos pneus mastigando o saibro da rua não alarmou a orquestra de sapos, grilos e passarinhos alojada no brejo. Junto à cancela, desligou o motor, piscou os faróis. Como não obteve resposta, deixou o carro, penetrou na guarita e apanhou Dagoberto, a gandola desabotoada, dormindo a sono solto. Sorrateiro, voltou ao carro, deu ré, retornou pelo mesmo caminho, transpôs o portão principal, procurou o sargento-dia, e, vozinha mansa, indagou se ele cuidava direitinho da segurança da unidade. O sargento-dia, as pernas trêmulas, pois pelo tom da pergunta intuía algo errado, respondeu que sim, que se responsabilizava por qualquer incidente que porventura, mas o capitão Felisberto o interrompeu, Venha comigo. Entraram no carro, paciente contornou de novo o muro do quartel, estacionando alguns metros antes da cancela do portão dos fundos. Apearam ambos, e engolidos pela escuridão, o sargento-dia à frente, marcharam rumo à guarita. Dagoberto continuava dormindo e o capitão Felisberto sussurrou, ardiloso, no ouvido do subordinado, Onde está a arma do soldado? Então, Dagoberto acordou com os urros do sargento-dia e a primeira coisa que viu foram os olhinhos verdes de cobra do capitão Felisberto. Por mais que o questionassem, Dagoberto não conseguia responder como perdera o fuzil, crime gravíssimo... Quebrara a cabeça nos quase três meses restantes em que passou sem pôr os pés para fora do quartel... E essa dúvida roubava-lhe o sono... Seria levado a julgamento, pegaria alguns anos de prisão, sabe-se lá quantos, afora o vexame de manchar o nome da família, coisa de que os Bortoletto tanto se orgulhavam, nunca em tempo algum um Bortoletto conheceu cadeia... Em casa, nem adivinhavam sua situação... Escreveu dizendo que não poderia visitá-los, ocupado que se encontrava, não estranharam, o funcionamento da máquina do mundo lhes era desconhecido, talvez se preocupassem, talvez não... Na véspera do dia da formatura, após mais uma sessão de ensaios, o segundo-tenente Veiga convocou Dagoberto à frente do pelotão e, mantendo-o em posição de sentido, dirigiu-se à tropa, sob o implacável sol de dezembro: Este recruta, soldado Bortoletto, cometeu uma infração inaceitável, dormiu em serviço, subtraíram sua arma, e só por isso já mereceria correção exemplar, antes de ser condenado e recolhido às grades. Mas, o Exército é uma instituição educativa, existe para formar cidadãos para a paz e combatentes para a guerra, submetidos ao axioma de que, pairando acima de tudo, até mesmo da família, está a Pátria. Ao soldado Bortoletto concedemos o benefício da dúvida, e agora, pergunto, mais uma vez, para dar a ele a chance de, em alto e bom som, explicar: Soldado Bortoletto, onde está a arma que lhe foi confiada pela Nação? Dagoberto gritou, Não sei, senhor! Mais alto, soldado! Não sei, senhor! E voltando-se para a tropa: O soldado Bortoletto não sabe... Mas, se o soldado Bortoletto mostrou displicência e desconsideração, o Exército, ao contrário, possui mil olhos, mil ouvidos, nada escapa, tudo enxerga, tudo escuta, de tudo e de todos cuida! E, num gesto teatral, acenou para o primeiro-sargento Krollmann, que, adiantando-se, surgiu carregando nos braços um fuzil. Sargento, de quem é essa arma? O primeiro-sargento Krollmann respondeu, satisfeitíssimo por desempenhar um papel importante no espetáculo: Este é o fuzil do soldado Bortoletto, tenente! Dagoberto sentiu a respiração opressa, as vistas escureceram, o corpo pendeu confuso, experimentava alívio, experimentava indignação. O segundo-tenente Veiga berrou: Repita, sargento! Este é o fuzil do soldado Bortoletto, senhor!, ressoou o primeiro-sargento Krollmann. Então, o segundo-tenente Veiga retomou, inflamado: Esse é o fuzil do soldado Bortoletto, senhores! Vocês acreditaram, por um momento sequer, que alguém poderia furtar uma arma do nosso glorioso Exército?! O capitão Felisberto flagrou o soldado Bortoletto dormindo e, para ensiná-lo, e a nós todos, que o preço da liberdade é a eterna vigilância, recolheu seu fuzil. E hoje, aqui e agora, encarregou-me de devolvê-lo, limpo e lubrificado! E, se valorizamos a ordem e a disciplina, valorizamos também a clemência, porque a clemência é um atributo dos fortes! Por isso, a pedido do capitão Felisberto, o coronel Agostini cessou os procedimentos internos contra o soldado Bortoletto, que amanhã, portanto, formará com o restante da tropa. Então, magnânimo, o segundo-tenente Veiga concluiu: Tenho certeza de que o soldado Bortoletto carregará para o resto de sua vida esta lição: o compromisso com a Pátria é parte indissociável do senso de justiça. E, após um hiato dramático, gritou: Pelotão! Sentido! Meia-volta! Marche! No dia seguinte, Dagoberto ouviu os discursos do coronel Agostini, do representante do prefeito municipal, desfilou com a tropa, bateu continência e jurou à Bandeira Nacional, acompanhou a entrega de diplomas e medalhas, mérito militar, assiduidade, praça mais distinta, melhor aptidão física, melhor atirador, melhor amigo e irmão de arma, prestou homenagem ao patrono da turma, cantou o Hino Nacional, a Canção do Exército, a Canção da Artilharia. Dispensado, de imediato correu para a rodoviária, meteu-se no primeiro ônibus para Cataguases. Ansioso, desejava chegar logo em casa para enfiar-se debaixo do chuveiro e tomar um banho demorado, com uma bucha nova esfregaria com força cada centímetro da pele, para ver se se livrava daquele asco que havia entranhado em seus músculos, em seus ossos, em seu sangue, queria apagar aquele ano de sua memória — mas o rancor que apertava sua garganta, desse ele nunca conseguiu se libertar.

60 — Desvantagens da vantagem

Com o tempo, o pai alheou-se mais e mais, desgostoso com o menosprezo com que o tratavam em casa. Acusavam-no de bajular os poderosos, porém, ele argumentava, se construíra uma boa relação com os Prata, o objetivo sempre fora, antes de mais nada, proteger a família. Assim que conseguiu vaga no Colégio Cataguases para o Roberto e o Gilberto. Assim que conseguiu alvará para vender garapa na boca da Ponte Velha. Assim que conseguiu assistência para levar a mulher para Juiz de Fora, quando teve um princípio de derrame, que só não trouxe complicação porque o doutor Inácio Prata ligou para a Santa Casa de lá exigindo tratamento diferenciado. Ela própria confessava saudades daqueles dias, suspirava, Ah!, a comida do hospital, as companheiras de enfermaria, o movimento bonito da avenida que entrevia da janela do oitavo andar, o coração disparado, nunca estivera tão alto... Depois, no difícil parto do caçula, se recebeu toda a atenção na Casa de Saúde — ela reconhecia isso —, deveu-se à sua proximidade com o povo que manda. E poderia passar horas enumerando os favores que lhe foram concedidos, remédios de graça, abatimento no aparelho do Heriberto, que nasceu com as pernas tortas, a sua dentadura, o telegrama no casamento da Betina... E tudo em troca de quê? De que nas eleições caitituasse votos para os candidatos da situação. E disso não se envergonhava, até porque acreditava nos princípios orientadores da Revolução de 64. Mal sabia que nas ruas, nas praças, nos bares, riam daquele italiano apalhaçado, metido num terno e gravata, os cabelos castanho-claros repartidos de lado, os intensos olhos azuis e o bigode bem aparado emoldurando o orgulhoso nariz grande, que não parava em emprego algum, que andava para cima e para baixo acompanhado por um viralata chamado

Zito, sempre o rabo enfiado entre as pernas, como o dono, ridicularizavam, como o dono...

61 — O reino deste mundo

Ainda que frustrado, o doutor Aníbal Resende comprou três dúzias de foguetes para comemorar a debandada do padre Roland, que, escondido no porta-malas de um táxi, foi largado de madrugada perto da rodoviária de Ubá, tomando rumo ignorado. Dagoberto ouviu o relato de Manuel, na primeira visita que lhe fizera no seminário em Juiz de Fora. Sem detalhes, tudo o que conhecia do caso é que padre Roland tivera que deixar a cidade às pressas, para não ser preso. Desde há muito, ele vinha sendo criticado, alguns paroquianos rechaçavam suas modernidades, não ficava bem a um padre levar adolescentes para o meio do mato para fazer sabe-se lá o quê, diziam que incentivava os jovens a fumar maconha, que punha as meninas para sentar em seu colo... Além disso, horrorizavam-se com o que chamavam de populismo dele, e comentavam, maledicentes, que, em vez de pregar a palavra sagrada, pregava tábuas; de erguer o cálice sagrado, erguia paredes; de prostrar-se frente à imagem sagrada, prostrava-se diante de mundanos e mundanas... E os pais dos alunos dele no Colégio Cataguases reclamavam que, em vez de dar aulas de francês, para o que fora contratado, lia poesias subversivas, incitando a rebelião contra as autoridades e as instituições... Por diversas vezes encaminharam reclamações ao monsenhor Dionísio, que, conciliador, convocava o padre Roland e o alertava de que suas ações incomodavam os fiéis, que tomasse cuidado, que buscasse controlar seu caráter voluntarioso. O padre Roland ouvia paciente, montava na mobilete e retomava seus afazeres. Mas houve a gota d'água... No dia 31 de março, todas as igrejas de

Cataguases celebraram o aniversário de dez anos da Revolução, menos a de Nossa Senhora de Fátima, cuja porta permaneceu cerrada, um pequeno pedaço de papel manuscrito afixado à porta, "Tive que ir. Retourno a noite. Padre Roland Pellennec". Exultante, o doutor Aníbal Resende, ministro da Eucaristia, encabeçou um abaixo-assinado pedindo o afastamento imediato do padre Roland, entregue em mãos ao bispo de Leopoldina, por um grupo de cidadãos católicos indignados, junto com um envelope pardo contendo um dossiê sobre suas atividades, questionáveis, algumas, francamente imorais, outras, relatadas em pormenores por meio de cartas anônimas e depoimentos sigilosos. Escandalizado, o bispo, que adorava a pompa do poder e aspirava chegar a arcebispo, quem sabe a cardeal, telefonou para o prefeito, na época doutor Manuel Prata, desculpando-se e comprometendo-se a punir severamente o subordinado. Na companhia de dois soldados, o doutor Aníbal Resende aguardou a volta do padre Roland, em frente à casa paroquial, mas ele não regressou. Então, arrombaram a porta e encheram uma Kombi com caixas e caixas de livros, objetos e documentos "suspeitos". Pouco antes de mudar para São Paulo, Dagoberto vagou pelas ruas de Cataguases, como buscasse fixar as fachadas das residências e das casas comerciais, dos cortiços e dos becos; o rosto e o cheiro das pessoas; a cor das árvores, a cor do céu, a cor das roupas penduradas nos varais; o barulho dos carros, dos ônibus, das águas do rio Pomba e do Meia Pataca; o fedor que a fábrica de papel espalha pelo ar, o fedor que o córrego Lava-Pés esparrama pelo Centro, o fedor de suor, graxa, algodão que as fábricas vomitam na Hora do Ângelus; a amarga solidão dos domingos... Ao partir, intuía, tudo aquilo se esvaneceria na escuridão sem fim da memória... Nostálgico, resolveu visitar a igreja Nossa Senhora de Fátima, mas ela encontrava-se fechada. Pelo portão lateral, penetrou devagar no salão paroquial, onde deparou com dois homens conversando, de pé, nos cabelos brancos de um reconheceu seu Raul do Salgado. Interromperam a palestra e o outro, vestindo camisa clerical azul-escura, manga curta, pediu que se aproximasse, Pois não, ele disse. Dagoberto apresentou-se, explicou que anos atrás frequentara aquele lugar como membro do grupo de jovens, seu Raul do Salgado perguntou filho de quem era ele, comentou que lembrava do seu pai. Dagoberto falou que estava de passagem, pensou em parar, seu Raul do Salgado se despediu, disse que já havia resolvido o que precisava, e então o padre, padre Plínio, estendendo a mão de unhas bem tratadas, disse, desconfiado, Fique à vontade. Sem graça, Dagoberto percorreu com os olhos o cômodo, que lhe pareceu bem menor que antes, no lugar das carteiras improvisadas para as aulas um amplo espaço vazio. Um grande crucifixo preto, de madeira, substituíra o quadro-negro na parede frontal. A moldura de feltro verde, onde espetavam os bilhetes, desenhos e avisos dos juaquins, desaparecera. O suporte de cimento chumbado na parede do fundo existia ainda, mas a talha de barro, com saiinha de crochê branco encardida, e o copo de estanho, que parecia manter a água sempre fresca, deram lugar a um filtro de louça amarela e um copo americano. Incomodado com o silêncio, Dagoberto disse, Sou do tempo do padre Roland. Não o conheci, o padre Plínio falou, ríspido, Vim para o lugar do padre Honório. Dagoberto conhecera superficialmente o padre Honório, jovem discípulo do padre Roland, que o sucedera quando do seu afastamento. Segundo diziam, caiu em desgraça por tentar manter as atividades à maneira do antecessor... O padre Plínio tirou do bolso da calça *jeans* um molho de chaves, disse, Bom, você mora aqui por perto? Dagoberto virou-se em direção à porta, falou, Não, moro no outro lado da cidade... E emendou, Mas estou indo embora, arrependendo-se em seguida. O padre Plínio o acompanhou até a calçada, Pra onde? Dagoberto respondeu, São Paulo, e saiu caminhando, como se grilhões acorrentassem seus pés...

62 — *Terr'adorada*

O lema Brasil, ame-o ou deixe-o, a única coisa da Revolução de 64 da qual o pai discordava, em segredo. Não que não fosse ufanista, ao contrário, ai de quem, perto dele, botasse o mínimo defeito no Brasil, o melhor lugar do mundo para viver, o mais aprazível, o mais acolhedor, o mais pacífico, chão livre de terremotos e vulcões, anarquia e guerra, fome e miséria, mas dividia seu amor com a Itália, que nem mesmo sabia onde ficava, apenas que era lá longe, do outro lado do mar-oceano, e, caso perguntassem, como a mãe o fazia, somente para espicaçá-lo, o porquê dessa devoção, ele engasgava, dizia, É a terra dos nossos antepassados, minha filha, e ela, zombeteira, Ques antepassados, Aléssio?!, Nossos antepassados somos nós mesmos!, e ele, contrafeito, desembestava bravo para a rua, ruminando aquilo que ela denominava "mais uma esquisitice do Aléssio". Porém, da porta para fora, ninguém adivinharia que o pai tinha a alma cindida. Os filhos criados assim, cultuando a Itália com ardor, mas também, sem compreender o motivo, clandestinamente. Para eles, a Itália, mais que uma mancha colorida no mapa-múndi, encarnava o retrato que mostrava um casal antigo, ambos roupas escuras, ele envergando sem jeito um terno mal-amanhado, ela enfiada num vestido longo de tecido grosseiro, o cabelo em coque, os rostos duros, sérios, tristes, primeiro bem que o pai salvaria numa calamidade; à memória desse retrato, desse casal, que nem conheceram, é que expressavam admiração, respeito, zelo. Na família, Dagoberto e Gilberto os únicos a se interessar por futebol. Torciam pelo Fluminense, por causa das cores — verde, branco, vermelho —, as mesmas da bandeira italiana. Dagoberto sonhava um dia possuir o time de botão que tantas vezes namorara na vitrine do Bazar René, mas o pai nunca lograra juntar dinheiro para dar presentes decentes no Natal — no aniversário, então, nem pensar —, sempre trazia uma boneca pequena de plástico pelada para a Betina e um saquinho de brinquedos minúsculos que distribuía entre os meninos, num ano bichinhos da fazenda (boi, carneiro, porco, cavalo), noutro, animaizinhos selvagens (leão, urso, gorila, elefante), num ano indinhos e caubóis, noutro, biloscas, para que assim recreassem juntos... No entanto, Dagoberto, craque no bafo, conseguiu, durante duas copas seguidas, as de 1966 e 1970, completar por conta própria um álbum de figurinhas — rasgara o de 1962, arrependia-se, como podia ter sido tão bocó!... E, se em 1966 ficara sem ter para quem torcer, Brasil e Itália foram aquele fiasco, o Brasil perdeu até para Portugal, a Itália até mesmo para a Coreia do Norte, naquele ano de 1970 ambas as seleções avançaram bem, e Dagoberto acompanhou, preenchendo a tabela das pilhas Ray-O-Vac, a aproximação, jogo a jogo, do temível confronto final entre os uniformes azul e amarelo... No Grande Dia, 21 de junho, domingo, desde cedo os rádios berravam Noventa milhões em ação, pra frente Brasil, salve a Seleção. Moravam no Paraíso, na época. O pai saiu cedo, impecável no seu terno de nycron marrom, sapato escovado, para assuntar a Rua, como ele dizia, para candongar, segundo a mãe. Ela acordara disposta a dar um jeito na casa, o que significava arredar e espanar os móveis, vasculhar o teto, encerar os cômodos, e, finda a função, arear as panelas e colocá-las ao sol para secar, lavar a cozinha e sentar numa cadeira na varanda, exausta, o Zito dormitando a seus pés, para reclamar que nunca podia valer-se de nenhum deles, faziam tudo errado, mais atrapalhavam que ajudavam... Pusera todos para fora da cama, servira pão dormido frito na frigideira com café com leite, e, quando saciados, delegou tarefas: Betina, pajear o Heriberto; Roberto, varrer o terreiro; Gilberto, esfregar Parquetina no piso de cimento; Dagoberto, correr na rua para comprar massa de tomate e petipoá, porque queria fazer arroz de forno para o almoço. Pegou a Philips preta do pai, amarrou uma sacola de náilon na garupeira, pedalou até o Bar do Auzílio, fechado, decidiu estender a busca pelo Beira-Rio. No caminho, cruzou carros buzinando freneticamente, bandeiras verde-amarelas desfraldadas, Viva o Brasil! Viva o Brasil! Parou no armazém do seu Freitas, encostou a bicicleta no meio-fio e, esbarrando em camisas canarinhas, vislumbrou, no alto da prateleira, uma televisão novinha ligada. Dagoberto cumpriu o mandado e, contagiado pela animação, regressou matutando, a mãe os proibira de assistir o jogo, muito perigoso, esse povo se embriaga, endoidece. Roberto recolheu o lixo, depositou no latão e sumiu agarrado no Almanaque Mundial de 1967, que ninguém entendia como surgira ali, já gasto tão folheado. Gilberto, as mãos amareladas fedendo a gasolina, concentrava-se em derrubar a pedradas a lata enferrujada de leite-ninho colocada no topo de uma acha. Dagoberto ficou quicando a bola perereca contra o muro. Preguiçoso, Zito pastoreava a piação afobada dos pintinhos recém-nascidos. O tempo arrastava-se. Às onze horas, o pai voltou, Não sabe o que estão falando na Rua, minha filha, parece que, se o Brasil ganhar, decretam feriado amanhã... A mãe, ocupada, apenas resmungou. Às onze e meia, cada um pegou seu prato esmaltado esfolado e um copo americano de quissuco de uva e procurou um canto para almoçar, a mesa e as cadeiras esparramadas pelo quintal. Depois que comeram, mais serviço. O pai chegou a girar o botão da "caixa de abelha", mas, mal as válvulas acenderam, a mãe reclamou, Desliga isso, Aléssio, vai caçar alguma coisa pra fazer! Roberto passava o escovão no piso, Dagoberto e Gilberto recolocavam os móveis no lugar, sem arrastar. Depois, espalharam folhas de jornal para proteger o chão encerado. Às duas e meia, satisfeita, a mãe tirou das gavetas lençóis, toalhas e tapetes, cheirando a alecrim, para, como dizia, enroupar a casa. Então, resoluto, Dagoberto falou, atabalhoadamente, Mãe, vou aqui e já volto, e ela, entretida, respondeu, Mas não saia de perto, heim! E leve o Gil com você! Dagoberto havia decidido passar pelo armazém do seu Freitas para sapear o movimento, demoraria um nada, ninguém nem notaria sua ausência... Mas carregar o irmão não constava de seus planos... Aborrecido, chamou o Gilberto, e, sem pronunciar palavra, desceram a morraria a passos largos, as ruas do Paraíso quase vazias, a paisagem como que provisoriamente suspensa. Ao chegar ao Beira-Rio, no entanto, de longe avistaram a multidão que, se antes ocupava a frente do armazém, agora derramava-se, alcançando a calçada do outro lado, gerando uma gigantesca colmeia, barulhenta e nervosa. Rebocando Gilberto pela mão, Dagoberto imiscuiu-se por entre a catinga de cachaça e cerveja e cigarro e suor até atingir um posto de onde conseguia ver a tela da televisão, embora não distinguisse as figuras que nela se moviam. Alguém alertou, O Hino! O Hino!, e de repente o incompreensível zumbido de há pouco se converteu em coro uníssono, vigoroso e desafinado, entoando o Ouviram do Ipiranga, Dagoberto os olhos marejados, o ar rarefeito, as vistas obnubiladas... Terr'adorada, entr'outras mil, és tu Brasil, ó pátri'amada, dos filhos deste sol'és mãe, gentil, pátri'amada, Brasil, e o mundo explodiu num foguetório ensurdecedor, nem perceberam o apito do juiz alemão-oriental inaugurando o jogo. A algazarra dissipou-se e Dagoberto escutava nítido o canhoneio vertiginoso do coração, os dedos e os dentes crispados... Daí a pouco, Gilberto manifestou desejo de ir embora, temia as consequências daquela arte, porém Dagoberto, hipnotizado pelos ohs e ahs, balbuciava, Só mais esse lance! Só mais esse lance! Quando, enfim, se dispôs a acatar o apelo do irmão, de cabeça Pelé amparou o cruzamento de Rivelino, enviando a bola para o fundo da rede de Albertosi... Gol!!!!!!! Gol!!!!!!! Gol!!!!!!! E um rastilho de insânia percorreu a aglomeração, pessoas abraçavam-se, gritavam, dançavam, e de novo o foguetório incendiou a tarde cálida, o céu azul. Dagoberto, o peito fosse arrebentar, tanto contentamento! Gilberto esqueceu, por um instante, do castigo que possivelmente os aguardava, submerso naquela enorme onda de alegria. Assentada a euforia, entretanto, Dagoberto recordou do retrato dos avós, os rostos duros, sérios, tristes, sentiu pena, remorso, pensou, talvez, quem sabe, justo também marcarem um gol... Aflito, Gilberto puxava a manga de sua camisa, mas Dagoberto ignorava-o, não podia abandonar a partida agora, assumira compromisso com os antigos, desejava intimamente o empate, depois viraria as costas, deixaria ao acaso o resultado, teria feito sua parte, mas agora não, precisava permanecer e torcer pela Itália, ele sozinho contra aquele povo todo... E os minutos escorriam tensos pelo gramado do Estádio Azteca... Até que Clodoaldo, enfeitando uma jogada, perdeu a bola para Boninsegna, que, sem pestanejar, driblou Piazza, venceu Brito e Félix, e da meia-lua chutou, balançando as redes brasileiras. No meio daquela silenciosa perplexidade, ouviu-se Dagoberto sussurrar, Gol!, interrompido violentamente por um tapa na cabeça, que o projetou contra a parede. De imediato, aos berros de italianada de merda, filhos da puta, carcamanos, desgraçados, mãos calejadas empurraram-no para a rua, enquanto pés calçados e descalços acertavam bicudas em suas pernas saracuras. Ligeiro, Dagoberto se desvencilhou da turba alucinada e, sob uma chuva de mamuchas e de xingos, escapuliu, correndo desatinado até a entrada do Paraíso, quando, sem fôlego, desabou no meio-fio. Gilberto chegou em seguida, chorando, assustado por não entender o que havia ocorrido. Dagoberto mandou o irmão se calar, e, ao levantar, notou os joelhos esfolados, a camisa rasgada, manchas vermelhas dispersas pelo corpo. Andou, mancando, até a mina, desceu o barranco, enfiou a cabeça debaixo do cano, a friagem da água percorreu sua espinha, lavou as mãos, o rosto, os machucados, e então sentiu-se todo moído, o inchaço tapava o olho esquerdo. Subiram a morraria devagar, mudos. Quando estavam a uns trezentos metros de casa, avistaram o terno de nycron marrom vindo na direção deles. Encontraram-se a meio do caminho, o pai disse, embaraçado, Sua mãe não vai gostar nada nada de ver essa camisa em frangalhos. Ao entrarem no terreiro, depararam com os olhos amargurados, ela disse para o Gilberto, Entra já para o banho, entregando-lhe uma toalha limpa. Depois, falou para Dagoberto sentar no banco perto do tanque de lavar roupas e sumiu dentro de casa. Voltou com a "farmacinha" na mão — uma caixa de sapatos onde guardava itens de primeiros-socorros —, tirou a camisa de Dagoberto, atirou-a no latão de lixo, não com raiva, com desalento, espirrou água oxigenada em seus joelhos, limpou a ferida com algodão, passou mertiolate. Depois, suas mãos rugosas exploraram a pele magoada de Dagoberto em busca de pisaduras. Enfim, com uma gaze asseou o olho esquerdo, fez uma compressa de água fria e pediu que ele segurasse firme. Só nessa hora perguntou o que sucedera. Uma tristeza imensa subiu à garganta de Dagoberto, e lágrimas escorreram pelo seu rosto magro. Entre soluços, contou tim-tim por tim-tim sua desventura. No final, o pai afagou sua cabeça, suspirou, e, cabisbaixo, afastou-se. A mãe entregou-lhe uma toalha limpa, falou, Vai tomar banho.

63 — *Grandes esperanças*

E tivera até mesmo que aceitar o empréstimo oferecido pelo Gilberto... A que ponto chegara... Mas logo iria aprumar, devolveria nota sobre nota daquele dinheiro que não atinava de onde provinha... Esse, o único entrevero que possuía com o irmão... Uma manhã, fazia poucos meses que moravam na Casa Verde, ao descerrar a porta da garagem, Dagoberto deparou com um carro estacionado na guia rebaixada, impedindo a passagem. Nervoso, ao observar dentro do veículo, percebeu alguém debruçado sobre o volante. Bateu no vidro com impaciência e qual não foi sua surpresa ao ver o rosto espantado de Gilberto surgir na sua frente. Radiante, o irmão abriu a porta, abraçou-o com força, perguntou pelos sobrinhos, pela cunhada... Ainda atônito, Dagoberto indagou por que ele não apertara a campainha, entrara, mas Gilberto explicou que não queria incomodá-los, e também havia chegado, olhou no relógio, uns quarenta minutos atrás, se tanto... Dagoberto explicou que tinha que ir trabalhar, entregou o molho de chaves ao irmão, disse que ficasse à vontade, tem pão fresco em cima da mesa, margarina e leite na geladeira, café na garrafa térmica. Gilberto manobrou o carro — só então Dagoberto notou que tratava-se de um Opala novinho em folha —, e, após se despedirem, estacionou na garagem. Essa, no entanto, não foi a única vez que Dagoberto assustou-se com as atitudes do irmão. Desde que retomaram contato, uns oito anos atrás, tentava compreender a transformação de Gilberto, daquele adolescente esquelético e meio *hippie*, despreocupado de tudo, nesse sujeito impecável em sua aparência, roupas alinhadas, mãos finas, carteira recheada de dinheiro. Talvez no fundo invejasse a liberdade do irmão, desimpedido de família e descompromissado da rotina cotidiana — porém, incomodava-o mais o fato de não conhecer nada sobre sua vida... Não sabia se era casado, onde morava, em que labutava... Sabia apenas que, sem explicações, o irmão aparecia e desaparecia, e que os filhos, e mesmo a Giza, de pouca afeição, adoravam-no. Certa vez, assistindo o Jornal Nacional, viu uma reportagem sobre uma grande derrama de dinheiro e tíquetes-refeição falsos no interior do Rio de Janeiro, e, por um momento, sem qualquer justificativa, passou-lhe pela cabeça que o irmão, meu deus, poderia estar implicado!... Dagoberto nunca gostara das amizades do irmão, envolvido com *playboys* colegas dele no Colégio Cataguases, principalmente da corriola do tal Netinho, filho do doutor Armando Prata, e seus primos, Ricardo Ponta-Firme e Roberto do Caveirão, filhos do doutor Normando Alves, bicheiro da cidade. Más companhias, o pai apontava, mas Gilberto, conciliador, apenas sorria. Quando fez dezoito anos, passou a viajar com frequência ao Rio de Janeiro, muitas vezes na companhia do Samuel, filho do doutor Manuel Prata, outro primo do Netinho, que estudava advocacia lá e, diziam as más-línguas, fugira de Cataguases, acobertado pela família, por ter sido flagrado com pacotes de maconha que dariam para abastecer a cidade por meses. Quando mudou para o Rio de Janeiro, alternava temporadas sem dar notícia com outras em que regressava à cidade, e, caseiro, ocupava-se em paparicar os pais, um passeio à Usina Maurício, um almoço na Churrascaria Azulão, trafegar ao léu pela Rio-Bahia, jantar no restaurante do hotel Bevile... Preocupado, tentou confrontá-lo, sem graça abordou o assunto, Gilberto rechaçou com tal veemência qualquer insinuação, que Dagoberto retrocedeu, envergonhado e arrependido. Mas, vira e mexe, ressurgia a desconfiança, temia que o irmão estivesse enredado com coisas erradas, e exprimia seus receios de maneira civilizada, e sempre o Gilberto mostrava-se ofendido, e então culpava-se, não admitia perder sua amizade, único fio que ainda o ligava ao passado, única garantia que não se achava totalmente desamparado no mundo. Confuso, sofria calado, sem poder sanar a dúvida que o martirizava. Nunca antes havia aceitado qualquer ajuda do irmão, e agora, aspirando conseguir com aquela viagem avivar o casamento, e principalmente injetar ânimo na mulher, salvar os filhos da tristeza e da solidão, cedera... E aquilo lhe fazia mal, muito mal... Mas, assim que as coisas se organizassem um pouco melhor, iria se desdobrar para pagar cada centavo daquela "loucurada", embora, compreendia, mesmo saldando a dívida em dinheiro, a outra dívida, a moral, essa permaneceria pendente para sempre...

64 — A flecha

Em noites assim, em que permanecia entorpecido, nem acordado, nem dormindo, recordações afloravam como cadáveres insepultos. Dênis, o poeta, roliço, melancólico e enfadonho, sumiu de Cataguases sem deixar pegadas — assim como Elisa, que escapou para o Rio de Janeiro sonhando ser cantora, gravar discos, ficar famosa... Dagoberto estranhava essas pessoas que desaparecem como se nunca houvessem existido e, quando, por acaso, alguém evoca seu nome, provocam não mais que um Ah, é mesmo!, Nossa!, Nem lembrava... Parecia ter futuro, Dênis, ledor de tudo, falava de coisas incompreensíveis, filosofia, explicava, gostava de especular... Mais ainda Elisa, que tão bem imitava Clara Nunes, voz, trejeitos, vestimentas... Agora fantasmas... Nem isso, um fantasma ainda carrega nome e feição — sombras, sombras fugidias... Os que ficaram em Cataguases, mesmo que não convivessem, podiam a qualquer momento ratificar suas existências, mas como provar, os que foram embora, que existiram um dia, se não tinham com quem partilhar o passado? Claudinha optara por permanecer solteira, morando com a mãe, a quem secretariava, escritório construído em cima da garagem da casa, a placa fixada na parede que dava para a rua, Dra. Rita Aparecida Rocha, Advogada Trabalhista. Pratinha Pobre havia se convertido e tornara-se pastor da Igreja Universal, pastor Osvaldo, avistou-o no Centro, evitou-o, seguiu em frente.

Dete já não pertencia a este mundo, morrera dois ou três anos atrás, jovem ainda, trinta anos, pouco mais ou menos, desgostosa, nada conseguia soerguê-la, depois da morte do filho ainda engravidou, mas abortava sempre, teve complicações por causa de uma curetagem, infecção generalizada, parece... De alguns, recebia notícias esparsas, de segunda mão... Hélder se formou, empregado da Mendes Júnior trabalhou no Iraque, regressou, parece estar no Chile agora... Manuel, padre, combatia com a fé a miséria na periferia de Vitória, no Espírito Santo... Padre Roland embrenhou-se na selva do Pará, metido em contendas contra fazendeiros... O breu da noite se dissipa... Dagoberto se pergunta se, para algum desses, com quem dividiu angústias e esperanças, alegrias e decepções, em algum momento seu rosto assoma na memória, sua voz ressoa do nada, seu nome relampeja de repente, mesmo que para em seguida submergir novamente no olvido... Mas ele teme que não, que também ele era apenas uma sombra, uma sombra sem rosto, sem voz, sem nome...

65 — *Futuro do subjuntivo*

A cidade começa a se movimentar. Dagoberto ouviu o padeiro passando para trabalhar — conhece o barulho do motor do carro, um Fuscão azul, que ele, orgulhoso, larga num ponto estratégico do estacionamento para que todos possam melhor admirá-lo. Todos os dias, Dagoberto levanta, troca de roupa, coloca água para ferver no fogo baixo e desce para comprar pão quentinho, que Giza come molhando no café com leite, gostava de ver a margarina derretida sobrenadando no líquido fumegante. Isso, claro, quando se sentia bem, porque na maior parte do tempo ela acordava tarde, sedenta, sem vontade de nada... Engraçado, se Dagoberto fechava os olhos não conseguia recordar o rosto de Giza ao conhecê-la... Esforçava a mente, espremia as lembranças, mas o que ressaltava era apenas o corpo franzino encimado por uma cabeça envolta por longos cabelos pretos descaindo pelas costas, como um halo... Ficou perplexo a primeira vez que a viu de cabelos soltos, pois no trabalho obrigada a mantê-los presos, com uma rede. Giza, quando a gente casar nunca corte os cabelos, tão lindos, ele dizia... Quem sempre os trazia escondidos sob um lenço era a mãe... Alegava não ter tempo nem paciência para cuidar... Prática, mal começavam a escorrer ombros abaixo, desbastava-os com uma tesoura de costura, a mesma que usava para surucar os filhos, evitando assim, também, que pegassem piolhos na escola. Betina, que em tudo imitava a mãe, amarrava um pedaço de pano na cabeça para tomar conta dos irmãos... Se um dos "filhos" a desobedicia, ela puxava a orelha, punha de castigo... E reclamar para a mãe apenas tornava as coisas piores, pois Betina vingava-se com terríveis beliscões... Dagoberto ela respeitava, porque mínima a diferença de idade, mas Roberto e principalmente Gilberto sofriam com seu despotismo... Mas podia ser carinhosa e protetora... Ai de quem mexesse com eles... Ela defendia-os como uma gata a seus filhotes... Também de Betina, Dagoberto não lembrava do rosto... Dela, na verdade, não conseguia evocar traço algum, tão longínqua já ia a última ocasião em que estiveram juntos... E não possuíam fotografias daquela época — pertenciam a uma família despojada de imagens. Dagoberto entrara em estúdio apenas para fazer retratos três por quatro para documentos, e desses ainda restavam alguns ajuntados num álbum guardado numa caixa no fundo do guarda-roupa... Até a mãe, a tudo avessa, teve que se arrumar certa feita para tirar o retrato que constava no seu título de eleitor. Ela queixava-se por não saber ler e só escrevia o próprio nome, garrancho que o pai a adestrou para garantir mais um voto para os Prata nas eleições. Chegou a frequentar por uns meses o curso do Mobral, mas a vista fraca a atrapalhava, o cansaço a emburrecia, a vergonha a dilacerava... O rosto da mãe, seria capaz de evocá-lo, desde os tempos em que a pele era rija e os olhos, embora duros, vivazes, até hoje, quando manchas inundam sua pele que escorre flácida dos músculos fatigados — mas de forma alguma o rosto de Betina, que deixou Cataguases aos dezesseis anos e nunca mais regressou... A mãe deve possuir alguma fotografia de Betina com os netos gaúchos, nunca viu... Não sabia nada da irmã... Se era feliz, se o marido se comportava como homem bom, se os filhos estavam encaminhados... Não sabia seus nomes, aliás, não sabia nem mesmo quantos eram... Haviam convivido diariamente anos a fio e se a encontrasse agora talvez não a reconhecesse e se tentassem conversar decerto não achariam assunto... Mas, diferente com a Giza? Moravam sob o mesmo teto, e ignoravam-se... A mãe reclamava, renunciara à vida pelos seus, o que recebera em troca?, abandono, descaso, solidão. Se alguém lhe perguntasse se valera a pena, o que responderia? E Betina, o que diria? E Giza? Às vezes, Dagoberto imaginava que tudo aquilo era um sonho, que uma manhã acordaria, de novo contaria oito anos, cheiro de café e de broa de fubá escapando da cozinha, seria um domingo, a mãe, ainda com o vestido da missa das sete da igreja-matriz de Santa Rita de Cássia, dispõe as canecas de plástico na mesa, Roberto e Betina já sentados, enquanto Gilberto brinca com toquinhos esparramados pelo chão, o rádio Oberon chia baixinho um programa de auditório do Vinícius da Silveira, o pai, encostado no portal, elegante em seu terno de nycron marrom, fala, Fico olhando essa ninhada, Constança, e vendo daqui alguns anos, todos crescidos, constituindo família, orgulho danado deles, agora, então, que me apareceram umas ideias, minha filha, agora, então, se Deus quiser, as coisas engrenam, e a vida teria sido boa, tudo teria se ajeitado, Dagoberto pegaria a mão pesada da mãe e a guiaria no desenho das letras, Deixa, mãe, que eu ensino a senhora, e seriam felizes, sim, seriam felizes!, e o despertador do relógio de pulso apita, Dagoberto se assusta, levanta da poltrona verde, suspira, prepara-se para chamar a Giza, as crianças, as coisas vão dar certo, ele pensa, daqui a pouco o táxi contratado encostaria para levá-los ao aeroporto de Cumbica, as coisas têm de dar certo, ele repete, têm de dar certo...

II

CATAGUASES, 7 DE FEVEREIRO DE 1967

66 — Fascinação

Quando tinha nove anos, Aléssio acompanhou os pais até o Diamante, onde eles tomariam o misto para iniciar a jornada rumo a Aparecida do Norte. Essa era uma viagem obrigatória para os colonos, no mais das vezes uma das únicas que fariam ao longo da vida, junto com a romaria ao Santuário do Senhor Bom Jesus de Matosinhos, em Congonhas do Campo. Planejavam-se por anos, separando dinheiro das parcas colheitas, da venda de garrotes, potros e leitões, sacrificando agrados à família, para entrar naquele trem desconfortável e sumir serras afora, num trajeto que podia levar vinte e quatro horas ou mais, dependendo da quantidade de imprevistos, que sempre os havia. Ao perceber Vitório arreando a charrete, Aléssio pediu para ir junto, sonhava conhecer a tal maria-fumaça de que tanto ouvia falar, mas o irmão nem perdeu tempo em abrir a boca para dizer não. Assim, Aléssio cruzou o pasto e tocaiou-os meia légua à frente, nas terras do *siór* Anacleto Moretto. Ao ouvir o trote do Marón, compassado e

nervoso, desceu a ribanceira e escancarou a porteira, assustando-
-os. Vitório ainda falou, Esse menino é ardiloso, *Pare*, imaginando talvez que o pai fosse escorraçá-lo, mas ele nada disse. Aléssio sentou atrás, na cadeirinha, junto da mala de papelão e do farnel, atento às inúmeras outras porteiras que teria de abrir pelo caminho, até chegar no Rodeiro, onde tomariam a estrada que conduzia ao Diamante. Era uma manhã de maio, o céu estalava de azul, a cerração baixa cobria as barrocas, o vento frio ardia as mãos, os pés e as orelhas destapadas. De vez em vez, avistavam uma casa, um cachorro lançava-se contra as patas do cavalo, o irmão latejava o chicote no ar, logo tudo descaía na quietude, só o barulho dos cascos ciscando o chão seco, a mansidão das águas escorrendo no corgo, o canto de um anu-branco equilibrado na crista de uma acha. No pasto, a italianada parava momentaneamente o serviço, e, levantando os chapéus, desejavam boa sorte na peregrinação, porque tratava-se de um acontecimento, todos sabiam que o *siór* Abramo e *dòna* Emma estavam indo render graças à Padroeira. No Diamante, a mãe, enfiada num vestido longo de tecido grosseiro, o cabelo em coque, sem costume de se afastar de casa, apenas para a missa de domingo no Rodeiro, sentou exausta no banco da pracinha, à sombra de uma mangueira. Aterrorizada com aquela jornada, mantinha-se, no entanto, calada, como de seu feitio. O pai, orgulhoso e trêmulo, envergando um terno mal-amanhado, fora comprar os bilhetes, enquanto Vitório, após desarrear a charrete, amilhava e dessedentava o Marón. O trem achava-se atrasado, mas o telegrafista avisou que ele já deixara Santo Antônio, mais uns quarenta minutos e chega. Desassossegado, Aléssio perambulava, um carro-de-boi descarregava uns minguados sacos de milho e feijão para embarque, uma carroça, vazia, esperava por algum carreto. Pouco a pouco, uma calma aflita, como as que antecedem as tempestades, abraçou-os. Na pracinha, a mãe permanecia marmorizada;

ao seu lado, o pai pitava o cigarro de palha; acabrunhado, Vitório contava os segundos para regressar, só sentia aconchego entre os bichos no silêncio da mataria. Então, de repente, o tilintar frenético do sino, seguido de um apito longo e agudo, pôs tudo em movimento. De imediato, o pai e a mãe levantaram, uma após o outro, Vitório pegou a mala de papelão, Aléssio agarrou o farnel, e marcharam atabalhoados em direção à plataforma, onde o chefe da estação, ciente de sua importância, exibia-se empertigado no uniforme. Outro apito antecipou o monstro que, despontando na curva, pesado, imenso, maior, bem maior que Aléssio imaginava, e mais bonito, e mais amedrontador, aproximava-se, estremecendo a paisagem. Boquiaberto, o coração desatrelado, Aléssio ouviu o ruído das rodas rilhando os trilhos de ferro, e devagar, bem devagar, a composição foi parando, de relance notou o maquinista na cabina da locomotiva, até se deter, resfolegando, no exato lugar destinado ao desembarque dos passageiros. Ansioso, o pai recolheu a mala, ofereceu a mão calosa para a bênção, a mãe apanhou o farnel, ofereceu a mão ossuda para a bênção, e, apresentados os bilhetes, ingressaram no vagão. Impaciente, Vitório arrastou Aléssio, havia tarefas para cumprir na roça. Já iam distante, quando, frustrado, ele escutou um apito longo, seguido de outro, curto, anunciando que o misto retomava seu curso.

67 — A *espera*

Aléssio senta no banco de cimento, do lado de fora da Casa de Saúde. Constança tinha sido internada sentindo muita dor de cabeça, vendo "luzinhas", assustaram-se, ela nunca reclamava, enfrentara as outras gravidezes sem maiores problemas, chegava a hora, ela pegava a bolsa, provida de camisola, chinelo, pente, escova de dentes, muda de roupa e enxovalzinho de bebê, e lá ia para o hospital, a barriga estufada, logo logo regressava, passava a caldo de galinha nos primeiros tempos, cumpria o resguardo por quinze, vinte dias, e retomava a lida. Assim aconteceu com os outros quatro filhos, em escadinha, menos com esse, extemporâneo, não entendia o ocorrido, usava camisa-de-vênus nas poucas vezes que procurava a mulher, um azar danado aquilo... Dessa feita, Constança inchou o corpo, engordou, perdeu o sono, sofreu com falta de ar, câimbras, dor nas costas, nas pernas, um desconsolo. O plantonista preocupou com a pressão, vinte por doze, Muito alta, ele disse, e, espavorido, Aléssio cercou o doutor Inácio Prata, provedor do hospital, ele falou que não se atormentasse, o doutor Aquiles, "o melhor obstetra da região", iria assisti-la. Agora, estava ali, aguardando, angustiado, o sol vai alto, o calor dos paralelepípedos distorce a paisagem.

68 — Èrto

Chamava-se Diletta, a irmã da mãe. Aléssio recordava dela, abrigada num minúsculo quarto afastado, bem ao lado da cozinha, cujo fogão-de-lenha permanecia aceso o dia inteiro. A tia casara, em primeiras núpcias, com um *taliàn* avulso, que surgira do nada no Rodeiro, a quem referiam apenas pelo apelido. Èrto, diziam, era um homem enorme, quase dois metros de altura, carismático e sedutor, que, sem dinheiro, convenceu os patrícios a lhe conceder crédito, abrindo um armazém na rua do Sapé, em três anos o comerciante mais bem-sucedido do lugar. Encantado com Diletta, então em idade de casar, apresentou-se ao *siòr* Ugo Massacesi, e fechou negócio. Em dois tempos, adentravam a igreja de São Sebastião, cerimônia para a qual Èrto não mediu custos, a colônia toda convidada, além dos maiorais da cidade, fartura de comida e bebida, o esplendor da festividade abafado apenas pelo insólito e trágico desdobramento, ocorrido pouco mais de um ano depois. Uma noite, Diletta, no quarto, ninando a neném, julgou ter ouvido passos do marido demandando à porta. A casa em que moravam formava um prolongamento do armazém, para chegar a ela percorria-se um longo e estreito corredor, entupido de mercadorias. Èrto gostava de ficar sentado no breu da sala, sozinho, chupando um charuto, matutando. Ela quedou atenta por alguns minutos, mas logo cochilou, para acordar agitada, confusa — quanto tempo passado?, meia hora, uma hora? —, o marido não se recolhera ainda. Considerou levantar e chamá-lo, mas ele detestava ser incomodado, preferiu aguardar. Porém, o tempo escorreu, Èrto não vinha dormir, preocupada resolveu espreitar. Acendeu o candeeiro e, esbarrando nas coisas de propósito, caminhou até a sala. Mas o marido não se encontrava lá... Trêmula, palmilhou o corredor, deparando com a porta apenas encostada, sinal de que ele tinha saído. Na calçada, vistoriou a rua, assustada cerrou a porta, o coração opresso vasculhou os cômodos, o quintal, o armazém, apenas sombras e sombras e sombras... Regressou ao quarto, e, contemplando a neném no berço, sentiu como se um peso imenso depositasse sobre seus ombros, tão grande que suas pernas dobraram-se, obrigando-a a amparar-se na parede para não cair. Em seguida, no entanto, respirou fundo, não podia permanecer naquele estupor, colocou uma mantilha, pegou o candeeiro, atravessou novamente o corredor, alvoroçando os ratos desacostumados com movimento àquela hora, rumou ao largo. Ia devagar, atemorizada pelos fantasmas que povoavam sua cabeça moça, afinal contava dezessete anos, nunca se vira sozinha, forçada a tomar decisões. Então, uma moita se agitou ou pareceu se agitar, devia ser o vento ou um viralata desperto, e um grito terrível rasgou sua garganta, e ela por um momento perdeu os sentidos, e, quando voltou a si, achava-se cercada por vizinhos perguntando alarmados o que acontecera. Conduziram-na de volta para casa, e, após devassarem os cômodos, o quintal e o armazém, sem sucesso, despacharam-se em procissão para a rua do Quiabo, para a rua do Diamante, alguns munidos de foices, outros de pedaços de pau, liderados pelo rifle Remington do doutor Almeida, juiz de paz e farmacêutico. Retornaram sem notícias, e deliberaram que não adiantava prosseguir, a treva é amiga dos mistérios, continuariam de manhã. O doutor Almeida escolheu dois rapazes para a ronda e mandou a mulher, dona Clarissa, velar por Diletta, o relógio de carrilhão badalou uma vez. Diletta não pregou os olhos, a toda hora inspecionava a neném, impressão de que ela não respirava direito, soluçando baixinho para não estorvar dona Clarissa, que roncava recostada à cabeceira da cama, a seu lado. Dia seguinte, mal nascido o sol, buscando desvendar se Èrto havia fugido, o doutor Almeida revistou o armazém, junto com Diletta, à procura do alforje onde ele guardava documentos e dinheiro, e não tardou a achá-lo, engenhosamente pendurado por trás de uns rolos de fumo, debaixo do balcão. Doutor Almeida abriu-o e catalogou maços de cédulas grandes e pequenas de mirréis, certidões, contratos, notas promissórias e um caderno com minuciosas descrições de entrada e saída de dinheiro, registros feitos com o capricho de alguém com algum estudo, e que demonstravam contas equilibradas. Depois, com a permissão de Diletta, arrombou o gavetão, e de lá saltaram vinténs e tostões, cadernetas dos fregueses e uma garrucha velha e enguiçada. Doutor Almeida conferenciou com a vizinhança, ninguém havia reparado rosto desconhecido na véspera, nada de anormal relatado. Durante dois dias, o povo esquadrinhou as redondezas, em vão, o homem como se esfumado no ar. Então, começaram a especular. Sujeito esquisito, Èrto, que falava português quase sem sotaque, que, quando se dirigiam a ele em dialeto, claramente não compreendia, que, na certidão apresentada para o casamento, emitida por um cartório de Juiz de Fora, constava como local de nascimento apenas "Itália". Sempre desconfiei desse *furèst*, agora diziam, compungidos. No final da manhã do terceiro dia, um estranho, vindo dos lados da Bagagem, apeou do cavalo em frente à loja do seu Ibrahim Sallum, entrou, e, após breve palestra, saíram ambos em direção à farmácia do doutor Almeida. O pessoal, cismado, correu para lá e se inteiraram de que, naquela manhã, um corpo havia sido descoberto boiando no rio Xopotó, e o Abdalla, primo do seu Sallum, de passagem pela serra da Onça a caminho do Sapé, reconheceu Èrto no cadáver, e mandou o rapaz correr para avisar. Suicídio, então?, indagaram entre decepcionados e chocados. E o rapaz, eloquente, respondeu, Não, ele tinha um rombo bem aqui, ó, apontando o meio do peito.

69 — *O medo*

Aléssio ouve a sirena da assistência e em seguida a Kombi estaciona na porta do pronto-socorro. Levanta e procura reconhecer a paciente, que o enfermeiro e o motorista depositam na maca, o rosto envelhecido não lhe é familiar, porém os olhos apavorados evocam os olhos apavorados de Constança. Aléssio estranhou quando percebeu que a mulher, com quem convivia há quase quinze anos, também tinha medo, algo que, até aquela tarde, lhe afigurava impensável. Fizesse chuva ou sol, Constança permanecia rocha, desafiando as intempéries com ar de quem, tendo já experimentado todos os dissabores, nada mais teme. Sou vara verde, que verga mas não quebra, costumava dizer, orgulhosamente conformada, diante de qualquer adversidade. Ela arrastara a complicada gravidez, remoendo dores e mal-estares, sem um queixume, uma lamentação, apenas demonstrando frustração ou vergonha, por parecer que não dava conta sozinha do "problema"... À noite, não conseguiram dormir, Constança virava de um lado para o outro na cama, sem lugar, Aléssio sugeriu fossem para o hospital, irritada ela respondeu que não chegara a hora ainda, e culpou o calor, os pernilongos, o colchão duro pelo desassossego. De manhã, um pouco melhor, varreu os cômodos, delegou tarefas aos filhos, que aproveitavam os últimos dias de férias. Depois do almoço, madornou, coisa incomum, e despertou pelas duas horas sentindo mal, tentou levantar, zonzeou, vomitou. Aflito, Aléssio correu até a Rua, buscou um carro-de-praça, e, depois de instruir Betina para tomar conta da casa e dos irmãos, rumaram para o pronto-socorro. Quando o plantonista, após examiná-la, disse que se tratava de emergência, Constança, que evitava manifestações de afeto, tomou a mão de Aléssio entre as dela, suadas e geladas, e apertou-a com tanta força que a deixou dolorida e vermelha. Nesse momento, suas vistas se cruzaram e Aléssio assustou com o pânico incrustado nos olhos de Constança, e só então passou por sua cabeça que poderia perdê-la, e que, perdendo-a, não saberia o que fazer de si. Rapidamente, Aléssio saiu e, cercando o doutor Inácio Prata, implorou, aflito, que intercedesse por sua mulher, como se o irmão do doutor Armando Prata, seu "protetor", contivesse em sua caneta o poder de vida e morte. Aléssio aguardava o veredito, elevou o pensamento ao Alto, clamando para que a mulher fosse poupada, senão o que seria da família, Constança, o esteio, ele sentia-se imprestável, razão ela possuía de criticá-lo, vivia no mundo da lua, não ajudava em nada, não sabia cozinhar, nem arrumar uma cama, nem lavar uma vasilha, nem mesmo pastorear a filharada... Não entendia como Constança engravidara, só a visitava eventualmente, quando a vontade se tornava indomável, os cômodos devassados, tomavam cuidado para não causar barulho, fora um acidente, algum significado aquilo deveria ter, um sinal para ajeitar as coisas, prometia mudar, mudar da água para o vinho, iria, a partir de agora, se esmerar, ser um marido melhor, um pai melhor...

70 — *Rotina*

Moravam na Preciosa, a mais afastada das fazendolas do lugar denominado Três Fazendas — as outras duas, habitadas pelos Visentin e pelos Furlanetto. Ponto final de uma estradinha poeirenta no inverno e intransitável na estação das chuvas, a Preciosa formava uma bacia, no alto da serra, de terra amarela nas encostas e brejos no bojo. Os Bortoletto sobreviviam do fumo colhido entre dezembro e janeiro, do feijão que plantavam em outubro, do milho que colhiam entre fevereiro e março, do arroz que plantavam em setembro, e das frutas do pomar, e das verduras-de-folha e legumes da horta, e do leite das vacas, e dos ovos das galinhas e patas, e da carne de porco e de frango e dos marrecos selvagens, que havia aos bandos. A família eram o pai, a mãe, a tia, nove filhos (seis homens, três mulheres), e um agregado, um rapaz "de cor", que, com sua simpatia, capricho e conformidade, adonara-se da estima de todos. Caçula, Aléssio criara-se largado, bicho no meio de bichos. Proviam-nos de roupa, de alimento e de teto, e exigiam obediência, juízo e trabalho. Acordavam antes do sol e encontravam o pai no fogão-de-lenha cozendo as *piadas* com as quais se empanturravam, engolindo-as com café com leite. Esse o único momento em que ele ocupava-se da cozinha, território exclusivo das mulheres, como se fazer as *piadas* constituísse uma espécie de ritual sagrado que anunciava o início de uma nova jornada, tão importante que só poderia ser realizado pelo chefe da casa. Depois da *colasión*, cada um rumava para seu serviço. Aléssio carreava o gadinho — uns quatro bois, sete ou oito vacas, alguns garrotes — para o alto do pasto, onde despendia as horas tentando adivinhar o que haveria para além do mar de morros que submergiam no horizonte, tendo por companhia apenas o Patrón, um viralata castanho, forte e dedicado, mas sistemático. Invejava os irmãos na camaradagem da lavoura, fiapos de vozes aportavam ali, conduzidos pelo vento, enquanto ele amargava a solidão, apenas o farfalhar das folhas, o animado canto dos passarinhos, o melancólico mugir do rebanho. Às nove e meia, avistava uma das irmãs subindo o atalho com o caldeirão de comida. Trocavam resmungos, almoçava à sombra de um enorme ipê-branco, e assistia a irmã desaparecer pelo mesmo caminho. Às três, iniciava a descida, Patrón guiando o gado, ele aboiando atrás. O pai abria a cancela, empurravam os bois e garrotes para um lado do curral, as vacas para outro, enchiam os cochos de água e de cana ou palha, e então Aléssio corria para o tanque onde encontrava os irmãos lavando o tronco, o rosto e os pés, compartilhando um pedaço de sabão de cinzas. Às seis horas, amontoavam-se na sala para rezar a Ave-Maria, esquecera quase todas as palavras que ouvia das conversas sussurradas entre os pais, mas as das orações permaneceram grudadas em sua memória, *Ave Maria, piéna di gràcia/ él signór è con te/ benedéta sei tu fra le dòne,/ e benedéto è él fruto del tuo sén, Gesù!/ Santa Maria mama de Dio,/ prega per naltri pecadóri/ adèso e nela ora dela nòstra mòrt./ Cossì sìa.* Depois, juntavam-se na enorme mesa de jantar para jogar truco ou buraco, valendo grãos de milho, e, antes de se recolherem, serviam-se ainda de canecas de polenta com leite, até que, saciados, enfiavam-se em suas camas duras, de colchão de penas de galinha. As noites eram estreitas, mas profundas...

71 — Mulheres

A barriga pontuda indicava que Constança ganharia um menino. Melhor assim, ela falava, áspera, afinal as mulheres só vêm ao mundo para sofrer. Aléssio achava que essa amargura Constança herdara da Tia Alfácia, casada ainda moça com um sujeito bronco, que a tratava pior do que ao cavalo e aos cachorros que o auxiliavam na lida de um roçadinho que mantinha lá para os lados da Fonte Hélios. Dizem que a Tia Alfácia acumulava tanta mágoa, que, no dia mesmo do enterro do marido, picado por jaracuçu, ela trancou os cachorros dentro do casebre, enfiou numa canastra as duas ou três panelas e as duas ou três peças de roupa que possuía, amarrou-a no lombo do cavalo e fugiu para o Jacaré. Quando Aléssio a conheceu, poucos meses antes do casamento com Constança, a fama da Tia Alfácia como doceira competia com sua reputação de pessoa esquipática. Se de fora chegava gente interessada em comprar suas barras de goiabada, mangada e bananada, suas compotas de figo, cidra e mamão, suas fôrmas de pé-de-moleque e quebra-queixo, seus vidros de ambrosia, os moradores do arraial evitavam-na, consideravam-na uma louca que não cumprimentava ninguém, que rasgava as bolas que porventura caíssem em seu terreiro, que falava com as plantas e as árvores do quintal. Tia Alfácia nunca mais quis casar, e, quando algum desavisado engraçava-se com ela, movido talvez por ganância — porque fantasiavam-na dona de dinheiro escondido —, ela convidava o pretendente para entrar, levava-o à beira do enorme fogão-de-lenha, na cozinha, mostrava o tacho de cobre cheio de água fervente, e alertava, Para de me atazanar senão da próxima vez empurro o senhor aí dentro. Aléssio às vezes tentava contestar a mulher, as coisas não eram bem assim, mas ela, revoltada, retrucava, basta ter ouvidos para escutar e olhos para ver, por trás das paredes a desgraça causada pela estupidez de maridos alcoólatras e safados, de filhos ingratos e egoístas. No fim, para nós sobra a solidão de uma cama estreita no asilo. Aléssio puxa pela memória... A mãe, galho seco enfiado num vestido escuro, nunca um sorriso, nunca um gesto de carinho, nunca uma palavra de incentivo. Sombra a palmilhar a casa, ora na cozinha a mexer nas panelas, ora nos quartos a arrumar as camas, por todos os cômodos guanxuma a varrer o assoalho. À tardinha, após a janta, baforando seu cachimbo debruçada à janela da sala, ela ficava a espiá-los espalhados pelo terreiro para tomar a fresca, enquanto aguardavam a Hora do Ângelus. A mãe só demonstrava certo contentamento aos domingos, quando engalanavam-se para a missa, no Rodeiro. Gostava de sentar na primeira fila, colocava o véu, e, com o terço nas mãos, acompanhava embevecida as palavras do padre Grasso, um calabrês baixinho e enfermiço, que percorria a roça envergando sotaina preta, guarda-chuva pendurado no braço, montado num burro arremetedor chamado Judas. Até hoje, quando recorda da mãe, Aléssio inquieta-se, não sabia como se comportar perto dela, não que demonstrasse impaciência ou ruindade, ao contrário, nunca levantara a mão para punir ninguém, mas seus olhos castanhos denotavam tanta severidade que evitam contrariá-la. Todos, incluso o marido, silenciavam quando aproximava seu corpo seco e espigado. Se escarafunchasse, viria à tona ainda tia Diletta que, após o calamitoso desfecho do segundo casamento, recolheu-se à masmorra do luto, nunca mais trespassara as cercas da propriedade, e de cuja existência os vizinhos certificavam apenas pelos relatos dos que por acaso paravam ali. Branquíssima, porque escondida do sol, semelhava a uma visagem, corroída pelo veneno do rancor, intoxicada pela culpa, mumificada pela vergonha... Se pensasse no trágico destino da prima Adriana, no imenso sofrimento de Elda, na terrível doença de Carmela, sim, teria que dar razão a Constança...

72 — A *despedida*

Depois daquela vez que contemplou de perto o monstro de ferro resfolegando no Diamante, Aléssio não conheceu mais sossego. As primeiras noites, passou-as em claro, e, quando subia para apascentar o gado, achava-se tão exausto que em duas ou três ocasiões a irmã do caldeirão flagrou-o ressonando debaixo da árvore, o rebanho disperso pelo pasto. Certa feita, inclusive, uma vaca mojando, a Biànca, sumiu, e ele despendeu a tarde toda procurando-a, até que, desesperado, quase desistindo, o sol se pondo, ouviu o mugido lastimoso nas frinchas da mata no cocuruto do morro, perigosa, jaguatirica rugia por lá, diziam. Com o tempo, serenou, mas a imagem dos trilhos vindo não sabia de onde, indo não sabia para que lugar, nunca mais saiu de sua cabeça — e via-se na plataforma trajando roupa domingueira, mala novinha grávida de pertences, na mão suada o bilhete que permitiria partir para esgravatar esse mundão de Deus... Cada ano consumido na roça, solapado por desgraças, infortúnios, soberbia, só aumentava sua determinação — mas Aléssio teve que aguardar resignado, ainda muito tempo, a hora certa. No dia que fez dezoito anos, incognitamente, porque não se comemorava aniversário naquela casa, ele levantou, entrou na cozinha, respirou fundo, falou, *Pare*, amanhã vou embora. O pai, de costas, nada disse, Aléssio notou-lhe apenas um leve tremor, a família pouco a pouco se dissolvia, e, a cada adeus, seu corpo reagia, consternado, e ele emagrecia. Aléssio sentou à mesa, despejou o café do bule na caneca, entornou por cima o leite da leiteira, colocou umas lascas de rapadura para adoçar, e viu o pai, em silêncio, colocar em seu prato duas generosas porções de *piada*.

73 — Desvio de rota

Constança reclamava da falta de iniciativa de Aléssio, queixava-se de que todos faziam-no de bobo, todos lhe passavam a perna — Aléssio não a contestava, mas ela incompreendia é que ele não almejava disputar nada com ninguém. Pensavam por exemplo que, tendo frequentado as Escolas Reunidas, no Rodeiro, por apenas dois anos e meio, era estúpido, ignorante. No entanto, aluno aplicado da dona Marocas Vieira, sabia ler seguidinho, sem gaguejar, com sua letra redonda podia, se quisesse, escrever muito além do próprio nome. E possuía mais "repertório" — como chamava seu conhecimento geral — que muito menino estudado. Mas, quede oportunidade para demonstrar suas habilidades? Durante anos, nutriu o desejo de ir para o Rio de Janeiro, para onde seu irmão Edmundo havia partido, mas, quando chegou a hora, suas economias mal deram para comprar um terno de segunda mão, um par de sapatos usados — o primeiro de sua vida — e um bilhete para Cataguases, que não conhecia, mas falavam com entusiasmo do lugar, rico e adiantado, onde emprego abundava. Aléssio contou demorar-se uma temporada, juntar dinheiro, e só então seguir viagem, pois temia passar dificuldade na cidade grande e ser obrigado a retornar, humilhado. Desembarcou em Cataguases, instalou-se numa modesta pensão para os lados do Matadouro e dois dias depois descarregava cana na usina de açúcar; mais um pouco e preenchia vaga na fábrica de macarrão, a mil e duzentos cruzeiros por mês, salário-mínimo, é verdade, mas nunca tinha visto tanto dinheiro na vida. Procurando poupar, quase não circulava à noite, entretinha-se em ouvir a Rádio Tupi, com outros hóspedes, no saguão da pensão. Passado um ano, acreditava-se pronto para retomar seu destino rumo à Capital, esbarrou numa moça bonita, cabelo preto e olho preto, nem alta nem baixa, magra, mas não muito, na praça da Estação. Trocaram tímidos, mas promissores olhares, e Aléssio passou a distingui-la de longe em meio ao grupo de operárias que largavam do serviço no turno das seis. Uma sexta-feira, pediu para sair mais cedo do emprego, correu até a pensão, engraxou os sapatos, tomou banho, enfiou-se no terno, glostorou o cabelo e o bigode, e postou-se à porta da Irmãos Prata disposto a finalmente abordar aquela por quem suspirava quando ouvia Francisco Alves cantando Ela. Aléssio aproximou-se e, sem nada dizer, caminharam lado a lado, cabisbaixos, por uns cinco minutos. Quando passavam em frente à Casa Carcacena, ela estacou, de chofre, e, arrebatada por aqueles olhos celestes, disse, Meu nome é Constança, como é o seu? Ele disse, Aléssio, seu criado! Ela, grave, continuou, Pois então, seu Aléssio, fique sabendo que sou gente séria e que se quiser namorar comigo é pra casar. Assim, Aléssio desistiu do Rio de Janeiro, passou a acompanhar Constança todas as tardes até a pensão onde ela morava, na Vila Teresa, e, nos fins de semana, passeavam de mãos dadas pelos jardins da praça Rui Barbosa. Casaram-se alguns meses depois, sábado frio de agosto, cerimônia pequena na igreja de São Manoel, no Jacaré, com a presença da Tia Alfácia e meia dúzia de curiosos, ainda sob o impacto do suicídio do presidente Getúlio Vargas ocorrido na terça-feira anterior. Sem festa, sem lua-de-mel, apenas pegaram suas coisas e mudaram para uma meia-água no Thomé, cama, guarda-roupa e algumas panelas compradas a prestação por Aléssio, e o enxoval que Constança vinha juntando desde que deixara a casa da madrinha.

74 — Diletta

Houve época em que Aléssio não percebia muito bem o que ocorria à sua volta. Entre ele e Bartolomeu, o irmão mais velho, abria-se um abismo de dezesseis anos, quatro irmãos e três irmãs — assim, sentia-se como chegado tarde a uma festa e tudo de interessante já tivesse acontecido. Para Aléssio, restavam apenas as memórias dos antigamentes, avivadas nas conversas no terreiro, antes da Hora do Ângelus. Histórias engraçadas, o falecido padre Grasso que, em toda visitação, insinuava ganhar uma galinha gorda e, para evitar esse desfalque, quando avistavam de longe o guarda-chuva preto equilibrando-se sobre o Judas, o pai mandava esconder a galinhada na capoeira, deixando à vista apenas frangas e frangos magros. Histórias tristes, mas canhestramente divertidas, como a do *signòr* Mattia Rinaldi que, traído pela mulher, amarrou uma corda na cumeeira da casa de pau-a-pique para se enforcar, conseguindo apenas fazer o teto e as paredes desabarem sobre ele. Histórias trágicas, como a da tia Diletta, entreouvida aqui e ali, e só muito depois costurada num fuxico mal arrematado. Aléssio acostumara a observar a tia, vestido preto escorrendo até os pés, mangas compridas, gola alta, cabelos ajeitados em coque e envolvidos por um lenço, arruinando-se calada em seu quartinho, cuja janela permanecia quase sempre fechada. Uma vez, penetrou no cômodo, asseadíssimo, mais semelhava uma cela, cama de solteiro, crucifixo na cabeceira, oratório com a imagem de santa Zita sobre uma mesa pequena cujo tampo acumulava uma grossa camada de sebo das velas permanentemente acesas, palma-de-santa--bárbara atrás da porta. Embora aparentasse bem mais, a tia contava trinta e poucos anos quando se encerrara ali, de onde saía apenas para auxiliar nas lides domésticas. Nunca ia à missa e mantinha-se escondida quando o padre Grasso aparecia — já que morta para a Igreja. O substituto do padre Grasso, padre Marcel, mais liberal, tentou convencê-la a recebê-lo para o sacramento da confissão, mas ela, aferrada a seu ressentimento, desdenhou o aceno, alegando que, sendo "estrangeiro" — era francês —, ele não a entenderia. Aléssio tinha por volta de sete anos quando a resgataram desorientada, feito bicho, roupas rasgadas, cabelos desgrenhados cheios de carrapichos, pés escalavrados, mãos imundas, enormes olheiras, o rosto deformado, ainda com manchas roxas de sangue pisado. Eles terminavam o desjejum quando ouviram o Savério, que selava o Oxelìn para ir no Rodeiro comprar remédio para a Carmela, gritar, assustado. Correram para o terreiro e viram à distância um espantalho andando com dificuldade por entre o milharal. Após momentos de indecisão, a mãe reconheceu a irmã e, sem dizer um a, caminhou resoluta em sua direção. Logo, confusos e excitados, cercaram a tia Diletta, mas o pai, recuperando as rédeas, pôs fim à balbúrdia e mandou que cada um retomasse suas obrigações. Depois do assassinato do Èrto, nunca esclarecido, a tia Diletta pagou as dívidas do armazém, vendeu-o e entregou o dinheiro para o pai dela, na casa de quem voltou a viver, no Corgo Alegre, entre Ubá e o Sapé. Em dois anos, casava-se novamente, agora com um homem chamado Deoclécio Moraes, também viúvo, dois filhos pequenos, dono de umas terras situadas num buraco entre Santana do Campestre e o Diamante. Durante onze anos ninguém mais soube dela, parece que o marido a retinha trancada, junto com a filha, como escravas fossem. Reviram-na apenas à beira da cova aberta num canto separado do cemitério de Santo Antônio, onde acompanharam a descida do caixão ordinário de Adriana que, descobriram horrorizados, tomara formicida, a tresloucada. Irreconhecível, Diletta envelhecera, perdera dentes, descarnara. Aproveitando a comoção, ela implorou para que o marido permitisse repousar uns dias na casa dos pais, no que ele, bastante contrafeito, acabou concordando. Então, Diletta relatou os maltratos a que eram submetidas, ela e Adriana, por tudo e por nada Deoclécio surrava-as com o relho, e os filhos aproveitavam para também esmurrá-las e chutá-las, apenas pelo prazer de vê-las sofrendo. E ainda contou, envergonhada, que Adriana acusava o padrasto de tentar abusar dela, o que a conduziu àquele ato extremo, indesculpável aos olhos de Deus. Por fim, falou, estava determinada a não voltar mais para Deoclécio. Escandalizados com o comportamento da filha, os pais mandaram recado para o genro vir buscá-la, o que ele fez prontamente. Porém, seis meses depois, Diletta conseguiu escapulir. Ninguém entendeu como ela se guiara, atravessando pastos infestados de cobras e de bois bravos, quintais vigiados por cachorros cismáticos, matas resguardadas por jaguatiricas, tamanduás e ouriços-cacheiros, para alcançar a casa da irmã, de quem era cinco anos mais nova. Emma escutou calada as razões de Diletta e comunicou ao marido que iriam acolhê-la. O pai endomingou-se, pegou o cavalo selado e disse para o Savério que ele mesmo buscaria o remédio da Carmela. No Rodeiro, procurou o padre Grasso na casa paroquial, expôs o problema de Diletta e ouviu que, tendo assumido obrigações no matrimônio, ela deveria submeter-se às vontades do marido, infelizmente, nada restava a fazer. O pai levantou e secamente disse que a cunhada ficaria homiziada em sua propriedade. Contemporizador, o padre Grasso segurou-o pelo braço e murmurou que, à luz do direito canônico, agindo assim, o pai incorria em erro, mas que a Igreja não precisava conhecer tudo o que ocorria entre as quatro paredes de uma casa — mas Deus sim. O pai entendeu o recado e caminhou até a farmácia. Pediu para o doutor Almeida o Luminal, que Carmela tomava para controlar os acessos, e aproveitou para levar sulfa, violeta genciana, óleo de quenopódio e Cera Dr. Lustosa. Enquanto o doutor Almeida providenciava os remédios, o pai falou, simulando displicência, e sem entrar em detalhes, que abrigara em casa a cunhada, a Diletta, e que se algum desinfeliz se aventurasse em terras suas para tentar retomá-la seria recebido a tiros da espingarda que estava indo comprar no armazém do Abdalla. O juiz de paz expôs os medicamentos em cima do balcão, tirou o lápis de detrás da orelha, anotou cuidadosamente os valores numa caderneta, enfiou-os num saco de papel, e comentou, O senhor é homem de bem, seu Abramo, sabe o que está fazendo. O pai andou mais alguns passos, entrou no armazém do Abdalla — o mesmo que um dia pertencera a Èrto —, cumprimentou-o e explicou que sua pica-pau estava precisando de companhia. O turco sumiu despensa adentro e regressou com uma flobé, excelente estado. O pai, passeando os dedos grossos de calos no aço frio da arma, indagou quanto custava, e, enfiando a mão no bolso da calça, de lá tirou um maço de notas de mil réis. Contando o dinheiro, repetiu que abrigara em casa a cunhada, a Diletta, e que se algum desinfeliz se aventurasse em terras suas para tentar retomá-la seria recebido a tiros, no que Abdalla tranquilizou, empurrando-lhe duas caixas de balas, Essa é *garabina* de *gonfiança*, seu Abramo. O pai andou mais alguns passos e entrou no bar do Alessandro Pivatto. *Bona matìna*, Alessandro, e Pivatto, estranhando ver o pacífico *signòr* Bortoletto com uma arma pendurada no ombro, mais ainda estranhou quando ele pediu um *sgnape*, como alguns colonos chamavam a cachaça, pois raramente bebia, e mandou servir às suas custas uma rodada aos caboclos que ali se encontravam fazendo hora. Depois de ingerir a bebida, falou alto, sem arrogância, mas com firmeza, que abrigara em casa a cunhada, a Diletta, e que se algum desinfeliz se aventurasse em terras suas para tentar retomá-la seria recebido a tiros. Pagou a conta, despediu-se, caminhou devagar, saudando a todos com quem cruzava, andando na calçada ou debruçado à janela, desatrelou o cavalo que ficara amarrado em frente à casa paroquial, e retornou para a roça. Contavam que Deoclécio Moraes e os filhos apareceram na cidade, dia seguinte, vociferando ameaças e litigâncias, mas que foram amansados por um grupo de colonos que os cercaram no largo e explicaram calmamente, *Òcio! Chi ruma catta ossi* — que doutor Almeida, juiz de paz, traduziu, Cuidado, quem procura, acha... Os Massacesi, por sua vez, excomungaram Diletta e Emma, e a pouca relação que havia entre as famílias, extinguiu-se.

75 — Os nomes

Aléssio sempre sonhara constituir uma família grande — e unida. Queria que eles tivessem um destino melhor que o seu, obrigado a engolir algodão oito horas por dia, seis dias por semana, enfiado numa seção quente e úmida, que minava sua saúde e extraviava sua alegria. Para isso, não media esforços. Os filhos todos matriculados na escola — menos o Gilberto, ainda sem idade —, até a Betina, porque, mesmo mulher, queria que tivesse algum estudo, e, inteligente, a danada compensava, aprovada no curso de admissão já ia para o primeiro ano do ginásio. Por eles, no começo do ano endividava-se para que não faltasse item algum da lista de material escolar — dava gosto vê-los apontando os lápis, colorindo os carimbos, observando a mãe encapar os cadernos e os livros. Ficava extasiado com os uniformes pendurados no varal para secar, no fim de semana, pois, para além daquelas camisetas, calções e saias, Aléssio enxergava o futuro radioso de cada um deles, Betina secretária ou enfermeira, Dagoberto torneiro ou mecânico de carro, Roberto e Gilberto sócios num negócio na rua do Comércio, armarinho, papelaria, confeitaria… Mais tarde, certamente retribuiriam, proporcionando, a Constança e a ele, uma velhice bonançosa. Essa, sua ilusão, e, embora a mulher pensasse diferente, Aléssio não discutia, apenas empenhava-se em aplainar o caminho, à custa de renunciar a seus próprios sonhos. Agora, por exemplo, trabalhava na tecelagem da Industrial e, como gostava de política, engajara nas hostes dos mandachuvas, pois entendia que isso poderia trazer algum benefício para os filhos. Orgulhava-se de seu tino, falava para a mulher, Estou plantando hoje para que eles colham daqui a alguns anos… Mas ela dava de ombros, descrente. Esse filho temporão — se se comprovar menino — gostaria de batizar como Armando, homenagem a um dos donos da fábrica, um dos donos da cidade, portanto, Já pensou, minha filha, ele dizia, a gente convida o doutor Armando Prata para padrinho, o menino apruma em dois tempos. Constança respondia, impaciente, Eu carrego a barriga durante nove meses, eu sofro as dores do parto, eu escolho o nome. Para o que vinha agora, ela anunciara, Vai chamar Heriberto — mania daquele negócio de terminação em "erto" —, tanta sua certeza, nem cogitou fosse menina. Não valia a pena contrariar Constança — opiniúda e ressentida, ela nunca dava o braço a torcer. Às vezes, Aléssio achava que a cada rusga, por pequena que fosse, um tijolo era assentado entre eles e temia que um dia essa parede se tornasse intransponível. Então, calava-se. Restava acompanhar a movimentação na porta da Casa de Saúde, e aguardar, no calor da tarde, a chegada do quinto filho — o quarto homem — que se chamará Heriberto e não Armando...

76 — A *língua oculta*

Bartolomeu, o mais velho, quem trouxe a novidade. Morando num pedaço da fazendola que continha a vargem pequena, casado, três filhos, ele fora no Rodeiro cascar dois sacos de arroz, e, na volta, assustado, conferenciou com o pai. O Alessandro Pivatto mostrou o cartaz pregado na parede do bar, obrigado a afixar em local bem visível, que Bartolomeu leu com dificuldade: Repartição Central da Polícia — Delegacia de Polícia de Ubá — É PROIBIDO FALAR OS IDIOMAS ALEMÃO, ITALIANO E JAPONÊS. NO BRASIL FALA-SE SOMENTE O PORTUGUÊS. OS INFRATORES SERÃO PUNIDOS COM TODO O RIGOR DA LEI. Delegacia de Polícia de Ubá, 2 de março de 1942. Waldemar Alves da Cunha — Delegado de Polícia. Quando Bartolomeu passou em frente à farmácia, o doutor Almeida chamou-o e advertiu sobre o caso, terminando a conversa desconsolado, infelizmente não poderiam mais falar italiano em público, sob o risco de serem presos — porque havia nacionalistas na cidade, incluindo mesmo alguns membros da colônia, que poderiam denunciá-los. O pai ainda tentou argumentar, esses boatos corriam há anos já, porém Bartolomeu explicou que agora era para valer, por causa da guerra, parece, não havia entendido muito bem. Por algum motivo insondável, a palavra "polícia" provocava pânico entre os colonos e o pai resolveu no sábado especular no Rodeiro. Munido de uma lista de compras na cabeça, logo cedo parou a charrete no cercado onde funcionava a cancha de bocha — esvaziada, quatro ou cinco conhecidos jogavam, sem alegria, sob o olhar vigilante do Domenico Pavan, que mudara o nome para Domingos Pavão, até outro dia entusiasmado camisa-verde. Depois, dirigiu-se ao bar do Alessandro Pivatto, cumprimentou-o, localizou o cartaz — embora não soubesse ler, adivinhou as ameaças por trás das letras garrafais — e saiu calado. Caminhou até a loja do seu Sallum, comprou botões, linha e barbante, atravessou a rua, comprou açúcar, sal e macarrão no armazém do Abdalla, colocou tudo num saco de estopa, e, com a desculpa de ajustar uma ferradura solta do Marón, desceu até o rancho do Zezito Fonseca, que detestava os italianos, acusava-os de ter roubado as terras dos brasileiros. Por todos os lugares, apreensão e hostilidade. Afrouxando as rédeas, deixou que Marón impusesse o ritmo ao retorno, cadenciado, mas lento, para concertar os pensamentos. Para ele, que sempre vinha à cidade, não haveria muita diferença, falava português, um português arrevesado, mas falava — teria apenas que não descuidar da nova ordem quando cruzasse outro *paesano*. Os filhos-homens todos tinham esquentado as carteiras nas aulas da dona Marocas Vieira, uns mais, outros menos, e, das filhas-mulheres, a mais velha, Filomena, estava casada com um brasileiro, lá para os lados da Tuiutinga, perto dos Bagres, e as outras duas,

Elda e Carmela, nunca se dirigiam a desconhecidos — bastava, portanto, alertá-las. A cunhada, que misturava português e italiano, herança dos anos em que viveu subjugada pelo marido e enteados, cada vez mais esquisita, pouco a pouco vinha esquecendo ambas as línguas — e ela não punha os pés fora de casa. Preocupava-o a mulher, que não falava nada de português — quando, aos domingos, iam à missa no Rodeiro, confessava-se em italiano com o padre Grasso. Naquele dia, antes da reza das seis horas, o pai reuniu a família e comunicou que o governo — e quando falou governo elevou os olhos ao Alto — havia proibido que se falasse italiano no Brasil, inteirando que, denunciados, seriam presos. De uma hora para outra, tiveram que desaprender a língua — a mãe, até o fim de seus dias, uns dois anos antes, nunca mais abriu a boca na frente de estranhos, e deixou mesmo de confessar quando morreu o padre Grasso; e Diletta se comunicava num idioma próprio... Tornaram todos mais desconfiados, mais ensimesmados, mais temerosos.

77 — *O desertor*

Um dia acordaram e deram falta de Edmundo. Primeiro, caçaram ele pelas imediações, e seu nome ecoou pelas grotas, barrocas e brejos. Alertado, Bartolomeu apareceu para ajudar na procura, mas antes mesmo de Savério acabar de selar o Oxelìn para correr caminho até o Rodeiro, Elda avisou que as roupas do irmão haviam sumido. Ele fugiu?!, alvoroçaram-se, mas o pai, que até aquele momento não havia manifestado, disse, As *piadas* estão esfriando na mesa. O nome de Edmundo, nunca mais pronunciado, fecharam-no naquele baú, sob o assoalho da casa, que ia transbordando de assuntos interditos. Aléssio lembrava vagamente do irmão, rebelde e turrão. Como o pai não admitia contrariedades, proibia os filhos de irem ao Rodeiro sozinhos, a não ser para cumprir mandados. Mas Edmundo resolveu enfrentá-lo. Todo fim de tarde, após completar a jornada, Edmundo tomava banho, colocava calça e camisa limpas e vencia a légua que os separava do Rodeiro. O pai cortou-lhe a janta, recusou emprestar-lhe cavalo, desautorizou-o a pegar a bicicleta que Aléssio usava para assistir as aulas da dona Marocas Vieira, mas nada adiantou, pois Edmundo saía no lusco-fusco e, pés imundos, regressava, os cabelos orvalhados. Motivo de discreta zombaria, não compreendiam tanto sacrifício para ouvir rádio sentado na calçada da casa do doutor Almeida ou, pior, para jogar conversa fora com o nhonhô Nogueira, um sujeito tido como doido, filho único do lendário coronel Nogueira, que, diziam, fingindo estudar no Rio de Janeiro, dissipara a fortuna do pai com mulheres, bebidas e jogatinas, e que agora vivia num solar em ruínas, único bem restante da família, um cinquentão sozinho, meio cego e desdentado. Uma vez ouviu, por acaso, o padre Grasso comentar com o pai que Edmundo, curioso e inteligente, cerca alguma o conteria. Muitos anos depois, alguém que viajara ao Rio de Janeiro disse no Bar do Pivatto que encontrara por lá o Edmundo, casado e bem-disposto, trabalhando na fábrica de sabão Portuguez. E essa foi a única e última notícia que tiveram dele.

78 — *Cemitérios abandonados*

Entediado, Aléssio levanta e caminha até o ponto dos carros-de-praça, estacionados do lado de fora do muro do hospital. Os dois chóferes, conhecidos de vista, fumam — Kneip, alto e magro, lustra a lataria do Aero Willys preto com um pano de feltro verde, enquanto seu Arnolfo observa embevecido seu Bel Air vermelho. Aléssio os cumprimenta, timidamente, eles respondem por hábito, e voltam a debater com entusiasmo a estreia do Flamengo no Torneio Rio-São Paulo daí a uma semana, contra o Corinthians. Desinteressado daquele assunto, resolve esticar as pernas, contornando devagar o quarteirão. Aléssio nunca falava dos tempos antigos, nem mesmo com a mulher. Conhecia a vida pregressa dela, visitava a casa da Tia Alfácia, no Jacaré, onde Constança se criara, sabia da dor que a acometia por não ter notícia do paradeiro dos irmãos, mas ele, ao contrário, nunca uma satisfação sequer. Constança não se conformava com a solidão dos filhos, sem primos, sem tios, sem avós. Se, do lado dela, trágicas circunstâncias determinaram o afastamento, do lado dele parecia apenas capricho. Sempre que surgia uma oportunidade, ela cutucava a ferida, Uma tristeza, os meninos sem parentes, mas Aléssio insistia que nascera ao colocar os pés na plataforma da estação de trem de Cataguases, aos dezoito anos de idade — quem ele fora até aquele momento encontrava-se morto e enterrado! Além disso, sentenciava, Parente é os dentes, e mesmo assim mordem a língua da gente... Sem cruzar ninguém àquela hora quente, tarde azul de um sábado sem nuvens, regressa à recepção, aguarda a moça desocupar o telefone, sob o quadro de uma enfermeira com o dedo indicador nos lábios exigindo silêncio, e pergunta se ela poderia fazer a gentileza de consultar como vai indo a paciente Constança Corrêa Bortoletto, internada na maternidade. De pronto, ela liga, espera, agradece, desliga, diz que ainda não há novidades. Ele atravessa o pátio e por um momento permanece de pé, à sombra das árvores que não impedem o bafor, o corpo desmancha-se em suor. Com sede, entra na cantina e, após muito hesitar, constrangido pede um Crush e uma empadinha. A mulher arranca a tampinha da garrafa âmbar e despeja no copo o líquido amarelo gelado, nunca experimentado antes. Aléssio toma um gole, lembra dos filhos em casa, da Constança na sala de cirurgia, e a bebida desce com gosto de arrependimento e culpa. Envergonhado, ingere o restante empurrando garganta abaixo a empadinha, que também sabe amarga, paga e sai rápido, como para se livrar de um ato abominável. Então, decide entrar na capela — e o contraste entre o calor opressivo de fora e o suave frescor de dentro por um instante o tonteia, sua vista escurece, parece que vai desmaiar, e, escorando-se na parede, avança até diante do púlpito, onde desaba o corpo no banco de madeira. Aos poucos, recupera o senso e vê-se abraçado pelo silêncio — mas não o silêncio de quando apascentava os bois e vacas e bezerros no pasto, trincado por barulhos esvoaçantes, nem o silêncio que envolvia a casa na roça, tão distendido que prestes a desmoronar-se em abismo, mas outro silêncio, aquele que assenta à noite sobre cemitérios abandonados. Constança ficou transtornada por não terem sido avisados do falecimento da sogra, que Aléssio descobriu, por acaso, ao esbarrar num colega de carteira das Escolas Reunidas, dois anos atrás, na rua do Comércio. Henrique Giusti o reconheceu e, após cumprimentarem-se, disse lamentar o passamento da dona Emma fazia quinze dias. Tão surpreso, Aléssio não conseguiu disfarçar, falto de chão — percebendo, o colega o amparou, entraram no Mocambo, tomou um copo de refresco, restabeleceu-se. Na ocasião, havia mais de dez anos rompera com a família, embora às vezes perambulasse pelas imediações da praça da Estação para, como se sem querer, deparar com algum conhecido em trânsito na cidade, e assuntar como iam as coisas por lá, no Rodeiro, o que, para desagrado seu, provava que, por mais que propalasse o contrário, mantinha-se irremediavelmente preso ao passado. Pensar na mãe estendida num caixão açulou suas memórias. Durante semanas, vozes longínquas despertavam-lhe na madrugada, ele via-se de novo na fazenda, e irrompiam nítidos os rostos da mãe, da tia Diletta, do pai, dos irmãos, das irmãs, as raras ocasiões de felicidade, a matança de porco, a ida à missa aos domingos, as festas religiosas... Poderia contar nos dedos a quantidade de vezes que ouvira risos naquele lugar onde se cultivava com rancor a economia das palavras, a austeridade dos gestos. Caçula, ninguém prestava atenção em Aléssio, mas ele aprendera a decifrar os rastros de movimentos, os vislumbres de conversas, os vestígios de dissimulações. Assim, passo a passo, decifrava as profundezas daquela calmaria, onde ocultavam-se entrechos não compartilhados, e definiu que, caso constituísse um lar, faria tudo de maneira diferente. Ia querer respeito da família, não medo. Buscaria admiração pela franqueza de sua conduta, não por camuflar suas falhas. Seria justo e magnânimo, não faccioso e despótico.

79 — Gregório morto

Aléssio persignou-se em frente à imagem de Nossa Senhora do Carmo e voltou a sentar no banco de cimento, ao lado da entrada do pronto-socorro. O sol começava a baixar, mas o calor persistia. Surpreendera-se com a notícia da morte da mãe, depois soubera detalhes, ela, varrendo a casa, de manhã, de súbito estatelou no assoalho, como uma coisa, sem um ai. Achava que o pai iria primeiro, entrevado há anos já, padecente de um coice no peito dado por burro xucro, que lhe estragou a saúde, de-primeiro férrea. Esteve internado no Hospital Santa Isabel, em Ubá, regressou irreconhecível, diziam, magro, privado de fôlego, perdera o jogo das pernas, penava para deslocar-se, amparado, ao terreiro. Arrastava os dias assim, e, aos poucos, prostrado, alheou-se de tudo. Fora o único momento em que quase cedera à tentação de quebrar a promessa de nunca mais pôr os pés na fazenda, mas, ao pensar que teria que encarar o Bartolomeu e o Vitório, desistiu. Antes mesmo daquele acidente, o pai vinha demonstrando sinais de mudanças agudas, das quais os dois irmãos mais velhos valiam-se em proveito próprio. O pai nunca se perdoara pela morte do Gregório, pouco depois de completar quinze anos. Alegre e brincalhão, ele teve um ataque de riso durante a reza da Hora do Ângelus, o pai mandou-o calar-se, ele não conseguia, e então levou uma coça de relho, obrigado a dormir de castigo no sereno frio de julho. De manhã, encontraram-no deitado na porta da casa, encolhido — sem queixas, ele pegou a enxada e cumpriu a jornada, ajudando na colheita da soca do fumo. À noite, tosse acatarrada, fôlego curto, febre, a pele queimava como se à beira do fogo, molhou a roupa de cama, tanto suor, até variou. Dia seguinte, o pai arreou a charrete, envolveu os espasmos de Gregório num cobertor, e fez o Marón subir e descer a morraria como se perseguido por urutu-cruzeiro, mas o doutor Almeida, mal reparando no estado do menino, falou que o caso demandava médico em Ubá, urgente. Seu Zezito Linhares se dispôs a levá-los no caminhãozinho Ford, o pai e o Gregório na carroceria, venceram os vinte quilômetros de buracos da estrada despovoada, ensurdecidos pelo barulho do motor, sufocados pela poeirama que turvava a paisagem. Em muda obstinação, o pai acompanhou a agonia do Gregório no Hospital São Vicente de Paulo, três dias, findos os quais sucumbiu à pneumonia, como explicaram, devolvendo-o um corpo branco e frágil e descarnado, que inaugurou o modesto túmulo da família no feio e íngreme cemitério do Rodeiro.

80 — José de Jesus

O único amigo que teve na infância, José de Jesus. Sete anos mais velho, ensinou Aléssio a construir alçapões de talo de embaúba e a distinguir, pela pelagem e pelo pio, os passarinhos que abundavam por ali — andorinhas-do-campo, sabiás-laranjeira, cambaxirras, sanhaços, canários-da-terra, coleirinhos, tizius, trinca-ferros, joões-penenês. Diziam que ele surgira certa feita, no terreiro, vindo dos lados da serra da Onça, tiquinho de gente, dez anos, embora, mirrado, aparentasse menos, calçãozinho de aniagem, camisinha em trapos, carregando bornal desconforme ao seu tamanho, que, depois descobriram, trazia uma muda de roupa limpa, um canivete e um livro, todo espedaçado. Tão preto, os dentes e os olhos e a palma das mãos escalavradas refulgiam. Provocou risos quando, abrindo a boca, todo hominho, perguntou se o pai não queria trocar ele por um caldeirão de comida. Falava com desinibição, mas com respeito. O pai indagou como se chamava, José de Jesus, respondeu, com mesuras de gente grande. Perguntou pela família, desconversou — o pai especulou no Rodeiro por alguém que tivesse perdido um menino com as características dele, soube então que há pouco uma leva fugira de uma fazenda arruinada nas margens do rio Xopotó, cujo fazendeiro tratava os empregados como nos tempos da escravidão, e resolveu acoitá-lo. A mãe não se interpôs — tratava com a mesma indiferença os bichos e as plantas, as gentes de casa ou de fora, porque, sabia, de uma hora para outra tudo finda, e, por isso, não se apegava a nada nem a ninguém. A tia Diletta amadrinhou-o — remendava para ele as roupas usadas do Savério, com quem regulava idade, e o incluiu no rol de nomes para quem dirigia suas intenções em suas longas rezas, que duravam de manhã à noite. Secarrão, o pai não escondia o gosto de ver, ao despertar, o José de Jesus já sentado na porta do paiol, onde dormia, agarrado na cartilha, na qual, murmurando tropegamente, aprendia ou fingia aprender a ler sozinho. Os irmãos dividiam-se — enciumados, os mais velhos, Bartolomeu, Filomena e Vitório, antipatizam com ele; Edmundo acamaradou-se, Savério acolheu-o; Elda, Gregório, Carmela e Aléssio aceitaram-no como igual. Crescendo juntos na labuta, José de Jesus viu Filomena casar e mudar para os lados da Tuiutinga, perto dos Bagres; viu Bartolomeu casar e se apropriar da vargem pequena; viu Edmundo afrontar o pai e fugir de casa; viu Vitório casar e se apropriar do pasto das minas; viu Gregório adoecer e sucumbir... Então, um dia, engalanado, surpreendeu a todos ao pedir consentimento para casar com Elda.

81 — Um santo

Aléssio esforça-se para afastar o passado, mas as lembranças, como bertoejas, afloram e coçam e machucam... Bartolomeu e Vitório guerreavam em surdina, avançando sobre pedaços de terra dos irmãos. Com a bênção do pai, repartiram o quinhão deserdado de Edmundo, e, com a vista grossa do pai, apossaram do quinhão deixado por Gregório — as filhas-mulheres não tinham mesmo direito a nada, sobravam as frações de Aléssio e Savério. Oito anos mais velho que Aléssio, Savério sempre fora estranho. Calado e ensimesmado, esquivava-se das conversas depois da jornada e do truco ou do buraco antes de dormir, mas, devoto, puxava com enlevo a reza na Hora do Ângelus e consumia-se em orações com a tia Diletta junto ao oratório de santa Zita. No domingo, vencia a madrugada, em jejum e de a-pé, para assistir a primeira missa no Rodeiro, frequentada pelo silêncio das beatas e dos insones, que emendava, de joelhos, beatífico, em frente ao púlpito, com a segunda celebração, quando a igreja, lotada, parecia transbordar de júbilo. Certa feita, Savério manifestou atração para a vida monástica, porém o padre Grasso desanimou a família, *Molta fede, poche luci,* Muita fé, poucas luzes, para triunfo do pai, que, ao mundo ganhar uma cabeça de noviço, preferia ele não perder dois braços para a lavoura. Obediente, Savério conformou-se. De todos os filhos, o mais trabalhador, o mais cordato. Desde criança, o escolhido para ir na Rua fazer mandados, porque tinham certeza de que não se distrairia com tentações e bobiças. Ajuizado, aos doze anos obteve permissão para acompanhar a peregrinação a cavalo até o Santuário do Senhor Bom Jesus de Matosinhos, em Congonhas do Campo. Os romeiros ficavam encantados com aquele menino que enfrentava os piores reveses sem um pio. Por isso, aos catorze anos já se inscrevia entre os crentes que se punham na estrada rumo a Aparecida do Norte. Quando Gregório morreu, Savério penetrou na mata da Pedreira, passou três dias como perdido. Magro, regressou irreconhecível, roupas em frangalhos, corpo inchado de picadas de mosquitos, cabelos imundos de carrapichos, dizendo que recebera uma visão, incumbido de cumprir uma expiação: caminhar solitário até o Santuário do Senhor Bom Jesus de Matosinhos, descalço, evitando as estradas e se alimentando apenas com o que a natureza proporcionasse. Os colonos censuraram o despropósito, *un'eresia!*, o padre Grasso condenou a obstinação, porém o pai, cego pela culpa, emudeceu. Savério partiu incógnito uma madrugada, e, a mando, José de Jesus tentou rastreá-lo na densa cerração de agosto, mas ele tornara pássaro, ou sombra, ou alma. De Congonhas do Campo, Savério desguiou para Aparecida do Norte, e quando, em meados de dezembro, ressurgiu como aparição no terreiro, na hora da janta, assustou os de casa, tão longos a barba e o cabelo, tão escalavradas as mãos e os pés, tão encatingado o corpo e a roupa esmolambenta que o encobria. Daí para a frente, piorou: abstinente de carne, ergueu uma choupana perto da Pedreira, cercou uma hortinha, espalhou umas galinhas que criavam-se soltas — disputavam-lhes os ovos as cobras e os gambás —, só aceitando o boiãozinho diário de leite que lhe trazia uma das irmãs.

82 — Um louco

Aléssio levanta, segue para o banheiro da cantina, e, quando retorna, depara com um viralata ruço enfiado debaixo do banco, a língua de fora, buscando escapar do calor. A luz da tarde aos poucos esmaece e os pardais, milhares deles, chilreando, tomam os fícus que ensombreiam o pátio da Casa de Saúde, abrigando-se para a noite grande. Criança impressionável, às vezes Aléssio sentia dificuldade de dormir. Um sucedido lúgubre escutado por acaso, uma coral morta pendurada na cerca, notícias de que lááá loooonge havia uma guerra, tudo espalhava seu sono. Então, desperto, mexia e remexia na cama, ouvindo o pio do mocho velho que morava no alto da paineira, o golfo da água carreada da mina estalando no tanque, o mugido melancólico das vacas no curral. Aflito, imaginava a que destino iria dar sua estrada, temendo findar como Adriana, que tirou a própria vida, ou Gregório, que perdeu a dele, ou como Carmela, que morria e ressuscitava sempre que acometida pelo acesso — ou como Edmundo, fugido, ou como Elda, afugentada, ou como Savério, que, ainda que tendo permanecido, não se encontrava. Savério virou Irmão Savério, nunca propagou a revelação que tivera... Se, de-primeiro, gentes das redondezas o procuravam em busca de consolo para o sofrimento, que conseguiam com benzeções e garrafadas, depressa, desestimulados pela indignação do padre Grasso e pelas maledicências inoculadas subterraneamente pelos irmãos, ele foi dado como louco manso. Respeitado pelos anciãos, motivo de deboche das crianças, todo janeiro participava da festa de São Sebastião, o padroeiro, correndo atrás da procissão e oferecendo prendas para o leilão que seu Santo Chiesa conduzia (galinhas gordas, um cachaço, um chocalho de cascavel); todo setembro percorria os pastos, penitente, até Congonhas do Campo. E Bartolomeu e Vitório avançaram sobre seu quinhão.

83 — Receita para não sofrer

O viralata, adormecido sob o banco, tem espasmos de um sonho ruim. A algazarra dos pardais amplifica-se, as luzes dos postes acendem-se. Nenhuma brisa, o suor escorre subaco abaixo. É a hora das almas, Aléssio pensa, e se benze, automaticamente. Talvez pelo costume, Patrón adquirira o temperamento dos Bortoletto. Devotado ao trabalho, raramente latia e nunca o observara balançando o rabo. Impunha autoridade às criações sem alarde. Aguardava paciente a mãe colocar no cocho a mistura de angu e muxiba especialmente preparada para ele, que a devorava voraz para depois se recolher a um canto. Jamais ultrapassava o portal da cozinha e à noite postava-se guardião na tronqueira que encerrava o terreiro. Convivia pacífico com a legião de gatos que rondava a casa, bichos sem nome, nem sequer considerados animais domésticos. Existiam apenas para zelar que os ratos ficassem longe do paiol e da despensa, e, para isso, mantidos no limiar da fome. Semisselvagens, não deixavam ninguém se aproximar deles, mas admitiam tacitamente o império do Patrón. De vez em quando, a população mostrava-se excedente, o pai mandava um dos filhos descobrir a nova ninhada e afogar no corguinho, e não havia nisso, Aléssio supunha, nenhuma crueldade, apenas uma maneira de conservar o equilíbrio do lugar. O desaparecimento dos gatos não causava comoção em ninguém, só se davam conta deles quando metiam-se em alguma briga — algo pouco comum — ou, em noites quentes, cruzavam. Nesse caso, se as coisas tornavam-se por demais indecentes, o pai pegava a flobé e dava uns tiros a esmo na escuridão, acabando com a anarquia. Até para morrer, Patrón provou-se um Bortoletto. Nada de expor sua dor aos olhos alheios, nada de drama, nada de estardalhaço. Escondeu-se debaixo do paiol e lá, em silêncio, deu o último suspiro, saudoso daquelas tardes ensolaradas em que mirando o horizonte aspirava caçar passarinhos ou nadar nas águas frias do açude ou perseguir por diversão os gatos e vê-los, pelos eriçados, galgar com ligeireza inaudita as árvores mais altas. Encarregado de enterrá-lo, Aléssio abriu com a cavadeira um buraco fundo no alto do pasto, junto ao ipê-branco, depositou o corpo inchado, e lágrimas brotaram de seus olhos, que ele rapidamente conteve, enxugando-as com a manga da camisa. Lágrimas que quase voltaram naquele momento, tantos anos depois, e que segurou, porque a mãe desdenhava, bobagem, não devemos nos afeiçoar a nada nem a ninguém, quanto mais a bicho... Assim se sofre menos...

84 — Colchões

Viver é penar, a voz da mãe ecoa no lusco-fusco... Viver é penar... Aléssio levanta, pisa sem querer na pata do cachorro, que, assustado, toma a direção da cantina, rabo entre as pernas. As luzes do hospital acham-se todas acesas. Aléssio caminha devagar até a recepção. A moça sob o quadro da enfermeira com o dedo indicador nos lábios exigindo silêncio agora é outra. Ele pergunta, submisso, se poderia ter notícias de uma paciente, Constança Corrêa Bortoletto, internada na maternidade. Indiferente, ela liga, espera, agradece, desliga, diz que a mulher já deixara a sala de parto e que está fora de perigo. E o neném, ele indaga, ansioso. Está bem, ela responde, apressada, atendendo o telefone que berra. Aléssio permanece perto do balcão, sem coragem de sondar se menino ou menina, já havia estorvado bastante a moça, nem um pouco simpática. Então, ele resolve aguardar a saída do doutor Aquiles, localiza o carro dele, um Impala, estacionado na vaga exclusiva dos médicos, circunda-o admirativo, tão grande! tão vermelho! tão bonito!, cata as folhas que haviam caído na lataria, senta no meio-fio. A mãe esperou-os afastarem-se para a lida, arrastou o colchão do Edmundo para o terreiro, incendiou-o — quando voltaram, finzinho de tarde, encontraram um amontoado de cinzas desenhando um retângulo no chão ainda quente. O colchão do Gregório ardeu durante a noite, a luz das chamas bruxuleava na parede do quarto assombrando Aléssio, que herdou suas roupas, uma atiradeira e a obrigação de esvaziar os penicos pela manhã. O cheiro de pena de pato queimada do colchão da Elda impregnou para sempre sua memória. A mãe ajuntou calma os pertences da irmã — que eram poucos, quase nada —, carregou-os para um canto afastado, perto do brejo grande, e encarregou Aléssio, vara de bambu na mão, de fustigar o fogo para que não se extinguisse, enquanto demoravam-se todos no Rodeiro, missa de domingo.

85 — Elda

O canto metálico das cigarras se esparrama pela escuridão da noite quente, evocando um começo de tarde, também quente, vinte e cinco anos atrás, quando Aléssio assistiu o pai, Bartolomeu e Vitório arrastarem o José de Jesus até a porteira que delimitava a Preciosa e viu-o, impotente, desaparecer na curva da estrada poeirenta. José de Jesus era considerado praticamente da família — quando ia na Rua, para algum mandado, causava admiração pelo jeito educado, pelas roupas asseadas, pelo modo de falar brasileiro com sotaque italiano. Nem parece preto, comentavam. Em casa, comia da mesma comida, participava da Hora do Ângelus, divertia-se com o truco e o buraco, jornadeava no eito, ombro a ombro — só na hora de dormir se distinguia, morava no paiol, num canto por ele mesmo ajeitado com capricho, cama talhada a canivete, colchão recheado de paina, mancebo feito com tronco e galhos de uma árvore morta, um artista! Mas quando, naquele sábado, logo depois do almoço, surgiu vestindo o terno de linho preto surrado, que fora do pai um dia e que nem precisou de muito ajuste, mais ou menos o mesmo corpo, espigado, magro, varapau, e os sapatos do Vitório, que ele mesmo havia remendado com meia-sola, e pediu a mão da Elda em casamento, o pai zonzeou, e, tentando manter o controle, perguntou, tropeçando nas palavras, Que conversa *strània* é essa, *Giusè*? Com firmeza, José de Jesus repetiu que queria a bênção dele para casar com a Elda, o pai bufou que nem touro acuado no pasto. Deixou José de Jesus parado na porta, sob o sol a pique, mastigando com os dedos a aba do chapéu de palha, e desapareceu cômodos adentro, pisando tão forte que as galinhas que se encontravam debaixo do assoalho saíram correndo, cacarejando, assustadas. Retornou com a flobé nas mãos trêmulas, encostou o cano no peito do José de Jesus e falou, a voz baixa, quase um sussurro, para ele pegar os pertences e sumir de vista, antes que cometesse uma loucura. Sem se intimidar, José de Jesus respondeu, respeitoso, *Zhio* Abramo, o *siòr* tem razão de ficar nervoso, mas a Elda mais eu decidimos, o *siòr* não pode proibir ela de casar comigo. Sou honesto, lavorador e... O pai interrompeu-o, Já *ho* dado a *mia respòsta!* José de Jesus disse, Então, o *siòr* vai ter que me matar. Colocou o chapéu na cabeça, e, afastando-se calmamente, encostou-se na pedra ao lado do rancho de fumo. Por uma janela lateral, Aléssio, menino ainda, espiava, ofegante, o desenrolar da contenda. O pai entrou no cômodo onde a mãe aguardava com Elda e Carmela — Diletta entocara-se no quarto a rezar — e falou, a boca seca e descorada, que José de Jesus, aquele *pazzo!*, tinha tido o *topè* de pedir a mão da Elda... Olhos chãos, Elda disse, Com sua *autorizacione, pupà*. O pai, dirigindo-se à mãe, disse, Isso é *inammissíbil*, Emma, *inammissíbil!* Elda, sem alterar a voz, disse, Nós *volemo* sua *benedição, pupà*.

Benedición!, benedición! Aqui *mia benedición!*, e, exibindo a flobé, chamou aos gritos o Aléssio, que, pernas bambas, aguardava no corredor, atrás da porta, mandando-o chamar o Bartolomeu e o Vitório. Ao regressar, arfando, percebeu que José de Jesus permanecia no mesmo lugar, o pai havia sentado no segundo degrau da escada da porta da frente, a flobé atravessada no colo, as janelas da casa todas fechadas. Do mangueiral ecoava o pio de um gavião-carrapateiro. Bartolomeu não demorou, e, calado, agachou junto ao pai. Só depois que Vitório, cuja casa ficava um pouco mais distante, chegou, o pai tomou a palavra. Falou para o Aléssio pegar um saco, recolher do paiol as coisas do José de Jesus e levar até a porteira. Sem nenhuma explicação, falou para o Vitório pegar uma corda na despensa, levantou, empunhou a espingarda e caminhou na direção do rancho de fumo, seguido pelo Bartolomeu. Quando Aléssio alcançou-os, carregando o saco com umas poucas mudas de roupa puídas, um par de botinas esfarrapadas e alguns exemplares do Almanaque do Biotônico, deparou-se com um insólito cortejo. José de Jesus seguia, amarrados os braços junto ao tronco, puxado pelo Bartolomeu e empurrado pelo Vitório, assinalando um longo rastro na poeira, enquanto o pai caminhava atrás, a flobé apontada para o céu. O mundo imerso num silêncio tão profundo, que Aléssio ouvia nitidamente as batidas asselvajadas do seu coração. Ao ultrapassar a porteira, o pai mandou que desenrolassem a corda e falou para Aléssio depositar o saco no chão. José de Jesus enfiou o chapéu na cabeça, e, limpando o suor que escorria pelo rosto, disse, Zhio Abramo, sou bicho para ser tratado assim não, mas Deus, que tudo guarda, há de reparar esse erro. Bartolomeu, o mais esquentado, berrou, Cala a boca, filho de uma *putàna*, ainda tem *coràjo* de *manasàr*! E, com um repelão, desequilibrou-o. Vitório, para não ficar para trás, vendo José de Jesus caído, acertou-lhe uma bicuda nas pernas. O pai trovejou, exigindo que os filhos sustassem imediatamente a violência. Aléssio viu José de Jesus erguer-se, limpar o terno, recolocar o chapéu na cabeça, jogar o saco nas costas e desaparecer na curva da estrada. Então, em algum ponto da mata, uma cigarra começou a trinar, e logo outra e outra e mais outra, e de repente a tarde era uma sinfonia, monótona e estridente, executada por dezenas delas. Trancada no quarto, Elda passava a água, o dia inteiro deitada quieta, olhando as telhas, aparentava nem respirar. Tia Diletta comentou, Esta *ragazza muore, ma non muda de punión!*, e instigou a irmã a convocar o Savério, isolado numa choupana perto da Pedreira, ainda acumulando mais fama de santo que de doido. Ele apareceu, barba e cabelo longos, descalço e magro, e, depois da janta, tomou a palavra. Reverente, mas sentencioso, Savério disse, O que não tem remédio, remediado está. Ou Elda morre de desgosto, ou casa com José de Jesus. Casando com José de Jesus, será uma vergonha aos olhos do povo; morrendo, será um pecado à luz das leis de Deus. Bebeu o resto de café, tomou a bênção do *Pare*, da *Mama* e da *sia* Diletta, e engoliu-o o lusco-fusco. A mãe entrou no quarto com um prato de comida e falou que, se Elda estava mesmo disposta a arruinar a vida, casando com o José de Jesus, o *Pare* não ia mais se meter, só impunha uma condição, que eles fossem morar longe do Rodeiro, e nunca mais mantivessem qualquer contato com ninguém da família. Elda sentou na cama, enfraquecida, pegou o prato e mastigou devagar o arroz, feijão, couve e frango. Dali a um mês, o padre Grasso conduziu a cerimônia vazia, quase clandestina. Durante alguns meses, somente o pai compareceu à Rua para suprir as necessidades das casas dele, do Bartolomeu e do Vitório, porque sabia que os filhos, impulsivos, poderiam se melindrar com algum comentário maledicente, coisa que com ele não ocorreria, pois os colonos respeitavam-no e condoíam-se com o que consideravam um infortúnio a que todos estavam sujeitos. Uns dez anos morando em

Cataguases, Constança grávida do Gilberto, Aléssio avistou o José de Jesus na Estação. Roupa-de-ver-deus, não mudara nada, esguio, altivo, chapéu de feltro, semelhava um príncipe, o danado. Aléssio procurou disfarçar, mas José de Jesus, reconhecendo-o no meio da pequena multidão que se aglomerava na plataforma, aproximou-se, sorriso largo. Abraçou-o fortemente, Aléssio correspondeu, constrangido, palestraram por alguns minutos. Ficou sabendo que eles moravam no Triângulo, em Ubá, que Elda engordara, que José de Jesus trabalhava na manutenção da estrada de ferro, Naqueles troles, sabe?, que tinham três filhos, que o mais velho, Atílio, Guarde esse nome!, jogava no juvenil do Aymorés, e que, em breve, iria para o Rio de Janeiro, tudo acertado, para ser incorporado no segundo--quadro do Bangu, Do Bangu, Léssio!, um espetáculo, esse menino, e mais um casalzinho, muito bonito e inteligente — cujos nomes esquecera. A conversa interrompida bruscamente pelo apito do chefe da estação, apertaram-se as mãos, Um dia, indo a Ubá, procure a Elda, no Triângulo todo mundo conhece a gente, ela vai ficar muito feliz. Nunca mais soube dele, nem da Elda, nem do tal Atílio, que durante anos rastreou nas páginas do Jornal dos Sports, que comprava às segundas-feiras, não só nas fichas técnicas do Bangu, mas de todos os times que disputavam o Campeonato Carioca, sem sucesso.

86 — A noite na noite

Pouco a pouco, aninhados nos fícus, os pardais sossegam. As luzes transbordam das janelas do hospital. Na rua, raros transeuntes e esporádicas bicicletas circulam apressados. Os dois carros-de-praça se recolheram e o viralata, que perambulava por ali, sumiu, ainda faminto. Noutros tempos, a essa mesma hora,

Aléssio caminhava pela casa, lamparina na mão, assustado com as sombras que se adelgaçavam, escorrendo pelas paredes. Na sala, só aberta para gentes importantes, havia um retrato, sépia, a mãe sentada numa cadeira, o pai, ao lado, mão direita no espaldar, ambos austeros, tirado num estúdio em Ubá. A única outra fotografia ficava num canto do quarto dos pais, sob o nicho com a imagem de santo Antônio de Pádua, mesinha forrada por toalhinha de renda, vela sempre acesa: Gregório morto, enfiado num terno enorme, comprado às pressas, de segunda mão, para a derradeira viagem. Talvez tenha sido numa noite como esta também que o pai, vindo do Rodeiro, montado numa potra nova e cismática chamada Mèxalùna, porque tinha um sinal branco na testa marrom parecido com uma meia-lua, passarinhou perto da porteira da fazenda dos Moretto, e, por mais que a esporasse no ventre, ela se recusava a seguir em frente. Então, o pai apeou e, invocando Nossa Senhora e santo Egídio, tentou descobrir na escuridão o que assustara o animal. Destemido, andou a esmo até deparar com algo que não soube identificar, e, só quando, aproximando, tentou agarrá-lo, percebeu que era o rabo de um burro, mas, tarde demais, levou um coice no peito, tão forte que estatelou desmaiado, até ser encontrado, horas depois, pelo Bartolomeu. Aléssio soube desse episódio por acaso, enquanto o pai permanecia internado no Hospital São Vicente de Paulo, em Ubá, morre não morre, e ensaiou visitá-lo, mas desistiu, não queria correr o risco de encontrar com Bartolomeu ou Vitório ou mesmo Filomena. O pai teve alta, mas já não era o mesmo, perdera o gosto de viver, até para mijar e cagar precisava de ajuda, e assim arrastava os dias, trancado naquela casa com a mulher taciturna, a cunhada beata e a Carmela, que, por causa dos acessos, nunca ninguém se interessou em casar com ela. Assim, Bartolomeu e Vitório, de-primeiro aliados, conspirando para abocanhar as terras dos irmãos, passaram a guerrear entre si pelo que restava da Preciosa, acossados ainda por uma demanda na justiça tramada pela Filomena. Bartolomeu e Vitório — e suas respectivas famílias — não se falavam, acusando-se mutuamente de roubo e má-fé, e todos odiavam com força redobrada a Filomena, que, de longe, açulava-os com advogados. Diziam que um dia aquilo ainda resultaria em tragédia... Quando Constança indagava do marido se não tinha direito a algum pedacinho da fazenda, ele, nervoso, desconversava, a mulher achava-o covarde, reclamava que não se preocupava com o futuro dos filhos, mas Aléssio simplesmente dava de ombros, Que se matem!, pensava.

87 — *Futuro do pretérito*

De repente, Aléssio avista o doutor Aquiles, mala de couro trapezoidal na mão, caminhando devagar para pegar o carro. Aléssio levanta, limpa os fundilhos da calça, e, afastando-se da sombra das árvores, cumprimenta-o, Boa noite, doutor Aquiles, assustando-o. Sou o marido da Constança, Constança Corrêa Bortoletto, sua paciente... O médico descontrai os músculos do corpo. É menino mesmo, doutor?, pergunta, ansioso. Ah, sim, é menino, um meninão, quatro quilos e meio, quarenta e oito centímetros, um trabalhão pra nascer, mas uma saúde de ferro, parabéns. Aléssio sorri, recompensado, E a Constança, doutor, ela está bem? Está ótima, aproveitamos para fechar a fábrica, muito perigoso se ela engravidasse novamente. O médico então abre a porta do carro, põe a maleta no banco de passageiro, diz, Bom, seu... Aléssio, a seu dispor, doutor. Bom, seu Aléssio, hoje o senhor ainda não pode vê-la, ela teve um parto difícil, cansativo, e está dormindo agora, mas amanhã o senhor vai poder conhecer o rapazinho... Heriberto, doutor! Hã?! Heriberto Corrêa Bortoletto, o nome dele... Ah!, o médico suspira, entra no carro, baixa o vidro da janela, Boa noite, seu... Ernesto. Então, Aléssio acompanha o Impala vermelho embicar para o Centro, aspira o ar quente da noite escura, e, preocupado com as crianças em casa sozinhas, toma apressado a calçada, rumo ao futuro.

I

RODEIRO, 6 DE AGOSTO DE 1916

88 — Bartolomeu

Quando a água da pia batismal escorreu por entre os dedos da mão fina do padre Conceição, molhando a cabecinha careca do bebê, Bartolomeu, *Ego te baptizo in nomine Patris et Filii et Spiritus Sancti*, o corpo magro e esguio de Abramo tremeu de orgulho e receio. Orgulho por estar iniciando a semeadura de uma família em solo promissor — receio por ter que contar, para levar à frente sua linhagem, apenas com as próprias forças. Demorou para constituir família. Completara vinte e sete anos, idade em que todos os conhecidos já tinham filhos, quando pedira a mão de Emma Massacesi. Responsável, após a morte dos pais, pelo destino de Ofelia e Dora, conseguira encaminhar as irmãs a casamentos que julgava bons, para, só então, com mirréis suados nota a nota, junto com dois compatriotas, Mario Visentin e Gioachino Furlanetto, adquirir um pedaço de uma antiga fazenda de café arruinada, de um tal coronel Nogueira, que dividiram em três partes, sendo que à sua, a mais distante, deu o nome de Preciosa. Bartolomeu nascera robusto, grandalhão, vermelho, um legítimo Bortoletto. Aguardara o embigo cair e aguardara o fim do resguardo da mulher para então se dirigirem à igrejinha de São Sebastião, no Rodeiro, para enxaguar a alma do pagãozinho. Fazia frio naquela manhã de domingo e Abramo ansiava por regressar à roça, considerava que, longe dos olhos, o fumal que plantara não vingaria a contento, assim como também as mínimas criações, meia dúzia de galinhas, um casal de patos, outro de porcos, duas vacas leiteiras, dois bezerros, um touro. Com esse pouco recurso, aspirava grande descendência. Sabia que uma casa se constrói devagar, da fundação ao telhado, e não incomodava que demorasse, possuía tino, dispunha de paciência, afinal, aportara no Brasil com o pai, a mãe, quatro irmãos, dezessete anos atrás, somente uma mala com raros haveres e a miserável roupa do corpo, e, batendo cabeça aqui e ali, Piau, Ligação, Corgo de São Pedro, alimentando-se de brisa, conseguira amealhar o necessário para estabelecer-se. Olhasse para trás, poderia evocar os degraus alcançados, mas não era homem de agarrar-se ao sucedido, gostava, quando a noite baixava, de se recolher tão fatigado que os primeiros enunciados da *orasión* já encontravam suas vistas nubladas.

89 — *Os que ficaram*

No entanto, o passado tocaiava Abramo, cachorro pronto a morder-lhe os calcanhares. Às vezes, como agora, quando, rédea afrouxada, o cavalo decide o ritmo indolente da charrete, do nada emergem murmúrios de outros tempos. E então o casebre de sua infância, em Zeminiana, surge tão nítido na aragem fresca que por um momento imagina poder tocá-lo. É uma manhã de domingo como essa, a mãe caminha para a missa rodeada pelas crianças, galinha orgulhosa de seus pintinhos, enquanto o pai, trajando a melhor roupa, vai na frente, cumprimentando engalanado os conhecidos. Estão todos lá, inclusive Domitilla, morta aos sete anos, de *fèvri*, sempre alegre, tomadeira de conta dos irmãos menores que brotavam como por milagre a cada ano. Indisposta, um dia Domitilla não conseguiu levantar da cama. Os cabelos cor de palha esparramados no travesseiro emolduravam o rosto abrasado, a garganta estrangulada pela tosse, a boca seca que arfava desesperada — o corpo débil, sem responder aos cataplasmas, sucumbiu em pouco tempo. Ficou para trás, enterrada numa cova anônima no cemitério de Sant'Eufemia... Fechada em luto, a mãe viu também ficar para trás o filho mais velho, Sebastiano, extraviado em alguma estaçãozinha de trem entre Pádua e Milão — e, de certa forma, também morto. Voluntarioso, desde o início recusara aquela ideia, que, em sua teimosa simplicidade, mostrava-se absurda, partir para um lugar desconhecido, tão longe que só possuíam o bilhete de ida... Embora contasse apenas treze anos incompletos, Sebastiano já labutava como adulto, amanhando terras alheias, e, só à custa de muitas ameaças, o pai o persuadira a acompanhá-los. Mas Sebastiano seguia de má vontade, os olhos castanhos aferrados à paisagem, e, à medida que se afastavam das águas calmas do Muson Vecchio, sentia-se extirpado de seus membros, que tombavam abandonados ao longo dos trilhos da interminável *pianura*. Foi talvez para tentar reuni-los que Sebastiano, aproveitando uma parada para abastecimento de água da locomotiva, desapareceu. De nada adiantaram os esforços do pai para localizá-lo: aquela, a última vez que o viram. Assim como quando assistiu o humilde caixãozinho de Domitilla baixar à sepultura, a mãe não derramou nenhuma lágrima. Apenas ajeitou o vestido preto e depositou as mãos escalavradas no colo, num gesto de completa impotência — e, num canto da memória, enclausurou mais aquela lembrança, que, pouco a pouco, somada a outras, a levaria também, prematuramente, envenenada de amargura.

90 — *Rumo ao nada*

Em Gênova, permaneceram duas noites ao relento, numa ruazinha imunda nas proximidades do porto, roendo pães duros para engabelar o estômago, aglomerados para suportar o frio do fim do inverno. Sobressaltada, a mãe dividia a atenção entre a prole, medo de que sumissem no meio da multidão maltrapilha, e a mala que guardava os pertences da família, restos do enxoval, pratos de louça lanhados e trincados, colheres tortas e um quadro de santo Antônio de Pádua. O pai zanzava entre velhos desdentados, mulheres grávidas, homens bêbados, jovens gatunos, tropeçando em crianças, dezenas delas, na vaga esperança de vislumbrar o rosto magro de Sebastiano. Ignorando os rogos da mãe, Abramo escapava, fascinado pela ruidosa movimentação. A grua a vapor levantava enormes baús e imensos fardos; marinheiros berravam frases incompreensíveis; carregadores transportavam gaiolas com pombos, galinhas e coelhos; bois mugiam, cavalos relinchavam, carneiros baliam. Calmos, cônscios de sua importância, senhores elegantes e senhoras com grandes chapéus emplumados e seus cachorrinhos e suas empregadas embarcavam na primeira classe, disseminando um rastro de perfume, seguidos por religiosos que caminhavam depressa para evitar a turba ordinária. Embarcados, os Bortoletto desceram a íngreme escada que levava ao porão, onde acotovelava-se, ansiosa, a terceira classe. O pai e Abramo conduzidos para um lado; a mãe, com Dora ainda de colo, e o restante, em escadinha, Teresa, Ippolito e Ofelia, para outro. Ali, naquele dormitório rebaixado, separado do resto do navio por gradeamentos intransponíveis, mais parecendo uma colossal cela de prisão, iriam despender os próximos vinte e tantos dias. A comida oferecida, pouca e ruim; a água, salobra. Ociosos, o tempo escorria moroso por entre os corredores estreitos rescendendo a maresia. À noite, empoleirados em beliches triplos, supliciados pelo alarido das tosses e pela nostalgia do choro incontido, à luz bruxuleante das lamparinas a óleo, em vão buscavam dormir. E as coisas pioraram quanto mais avançavam mar-oceano adentro. O calor tornou-se insuportável, a catinga que emanava dos corpos suados se misturava ao fedor de vômito, de urina e de fezes, nauseando o ambiente. Os desmaios fizeram-se frequentes. O pai tentava animar-se com a cantilena que ouvia no convés, nunca mais passaremos fome, nunca mais passaremos frio, nunca mais passaremos humilhações — enquanto a mãe, em silêncio, remoía suas próprias prédicas, nunca mais veremos nossos parentes, nunca mais choraremos nossos mortos no cemitério, nunca seremos felizes.

91 — *Emma*

A mulher segue quieta, protegendo o bebê do sol da manhã. Só o barulho dos cascos do cavalo batendo no chão duro. Tudo ocorrera súbito. Enfiado em seu único terno escuro, que servia a solenidades e velórios, Abramo apeou do cavalo, tirou o chapéu, cumprimentou com um meneio de cabeça a rapaziada, moças e moços que carregavam balaios de café para secar no terreiro, e, por acaso, seus olhos esbarraram nuns olhos alegres, que fugazes se refugiaram sob o lenço colorido que cobria fartos cabelos pretos. Sentou no banco da sala modesta, tomou café e escutou atento a palestra do *siór* Gigi Marcato, que fiava as boas intenções do filho Gerardo para com sua irmã caçula. Após a morte dos pais, Abramo se tornara responsável pelo sustento e governo da casa. Com pouco mais de treze anos, Ippolito aplumara, ganhara o mundo — diziam que trabalhava numa fábrica de tecidos em Juiz de Fora, perdera o contato. Teresa e Ofelia, já casadas, a primeira com um *braxiliàn*, sitiante no Rio Novo, a segunda com um *siçiliàn*, caldeireiro em Ubá — restara Dora. Queria concluir logo aquele negócio para, livre, poder tocar a vida, suspensa pelas disposições familiares. Depois de apalavrarem a união, e tendo Gerardo deixado o recinto, Abramo, engasgado de vergonha, deu a entender ao *siór* Marcato que também ele caçava esposa, e, sem combinar, se deslocaram até a janela, onde aportava a algaravia de vozes. O *siór* Marcato, então, num gesto que abarcava todas as mulheres, disse, cerimonioso, Minhas filhas já estão encaminhadas, mas a Emma, dos Massacesi, e apontou discretamente um talhe comprido e desengonçado ao longe, está desembaraçada. Tímido, Abramo ainda buscou reaver os olhos alegres, mas o *siór* Marcato, tomando-o pelo braço, falou que, quisesse, o apresentaria agora mesmo ao *siór* Ugo Massacesi, homem da mais alta reputação, e, não observando resistência, de imediato se dirigiram ao quintal vizinho. Assim, Abramo regressou do Corgo Alegre comprometido com Emma... Mais tarde, descobriu que os fartos cabelos pretos que o haviam impressionado pertenciam a uma órfã, que atendia pelo nome de Anita, criada como agregada pelos Marcato. Daí para a frente, as coisas se aceleraram. Em menos de dois anos adquirira as terras da fazenda Preciosa e saíra da igreja de São Januário, em Ubá, anelão de ouro no dedo anular da mão esquerda, Emma no braço direito. Embora tivesse chegado no Brasil com apenas dois anos de idade, mantida à parte, igual às outras colonas, Emma não aprendera a falar português. Abramo achava que ela lembrava sua mãe, o jeito seco e introvertido. Na hora da mudança, tivera quase que ser arrastada, tão arisca, e demorou dias para compreender o significado das núpcias. Acompanhado de um cachorro lobeiro chamado Mòro, Abramo se distraía na trabalheira de tirar leite, capinar o fumal e o milharal, aguar a horta, enquanto Emma cuidava de cevar as galinhas, os patos e os porcos, arrumar a cama, varrer o assoalho, fazer comida, lavar e arear as vasilhas, vigiar o pomar, rezar. Todo fim de tarde, depois da janta, sua sombra silenciosa debruçava-se à janela da sala, e, baforando um cachimbo, abstraída de tudo, punha-se a observar a paisagem encolher, vagarosamente, enquanto os bichos se recolhiam em alarido para a longa noite. Incomodado com o que considerava uma extravagância, Abramo pensava em ralhar com ela, mas, desencorajado pelo impenetrável mutismo, adiava a desavença, e a fumaça fedorenta empesteava o crepúsculo. Ao engravidar, Emma virara uma bugra, intratável, e nem a chegada da Corinna, irmã mais velha, casada e já duas vezes partejada, para ajudar nas lides domésticas, a sossegou. Exilada, suspirava, saudades da balbúrdia do Corgo Alegre, quando se encontravam na capelinha para a missa de domingo, as festas religiosas, a colheita do café, tão próximos que figuravam uma única família, e agora o que avistava na longa trilha a ser percorrida eram as pegadas de sua mãe, que deviam confluir para as de sua avó, de sua bisavó, de todas antes dela, mulheres destinadas unicamente a botar filhos no mundo e vê-los partir, um atrás do outro, até um dia, esgotadas, expirarem. E, ao ouvir o mugido soturno dos bezerros apartados das vacas, Emma irmanava-se com eles. Seria mãe atenta, mas distante — apegar-se é sofrer.

92 — Renúncia

Pouco durou *dòna* Angelina Peron no Brasil. Ao desembarcarem no porto do Rio de Janeiro, exaustos, esfaimados e aterrorizados, o pai largou-os num cercado por um momento, enquanto ordenava-se numa fila para providenciar o registro de entrada. Apavorada, a mãe não hesitava em dar beliscões e tapas nas crianças para conservá-las junto dela. Mantiveram-se como que enjaulados durante horas, até serem encaminhados a uma ilha, onde, após um médico apressado passá-los em revista, sem tocá--los, foram instalados num enorme galpão lotado. Ali, estiveram por dois dias, alimentando-se de uma sopa aguada, na qual mal distinguiam pequenos pedaços de batata e raros nacos de carne, e dormindo embolados, como animais. Então, empurraram-nos para dentro de um trem, com destino a Juiz de Fora, esparramados nos vagões entre as bagagens, a maioria de pé ou sentados no chão, chacoalhando montanha acima. A mãe, coração angustiado, receava o que os aguardava naquela terra em tudo diversa, e indagava se realmente fugiam da miséria ou retornavam aos seus braços. Após incontáveis horas, em que nada comeram, impossibilitados mesmo de ir ao banheiro, descarregaram-nos na estação da cidade, conduziram-nos a uma hospedaria, e de novo estacaram na aflitiva espera. No segundo dia, um bebê morreu, não se sabia se de fome, se de febres, se sufocado, e gemidos de desespero arranharam a noite escura, pios de pássaros funestos. No quarto dia, apareceu um homem acompanhando o pai, observou-os com olhos mercadejadores, e, dirigindo-se ao parceiro, que trazia um caderno na mão, disse que os contrataria. Então, sacolejaram em outro trem até Água Limpa, e depois, embalados pelo cantador de um carro-de-boi, subiram morros, atravessaram vargens, desceram morros, sempre a solidão da interminável estradinha esburacada, escoltados por uma crescente agonia — o que há no fim de tudo? Na fazenda de café, chamada Nova Reunião, cederam uma choça para morarem, sala, cozinha, dois quartos, e o banheiro, indicaram, no tempo, bananeiras que limitavam o quintal. Os *braxiliàni* riam de sua língua arrevesada, de sua brancura, de suas roupas inadequadas, dos sustos que tomavam a qualquer novidade. Por sua vez, eles estranhavam a comida, o calor, os bichos... Diziam que onças e lobos habitavam a mata, e que as cobras, enormes, podiam engolir um bezerro... Os macacos ameaçavam, caretas e gritos, as formigas irrompiam de debaixo dos catres, os mosquitos geravam dolorosos inchaços. E havia marimbondos e abelhas, taturanas e lacraias, escorpiões e caranguejeiras, bichos-de-pé e lombrigas. E as chuvas torrenciais que penetravam pelas frestas da parede de pau-a-pique e o sol inclemente que magoava a pele. No começo, a mãe ainda tentou se adaptar. Enquanto o marido e Abramo puxavam enxada, limpando as ruas do cafezal, ela esfalfava-se na lida. Após cuidar do almoço, juntava-se às outras colonas para prestar serviços no Casarão, à tarde, catar marinheiros do arroz, separar pedras do feijão, bater leite para fazer manteiga, cascar mandioca e debulhar milho para as farinhas, moer café, varrer o amplo terreiro, enfim, auxiliar as domésticas no que fosse necessário. Mas, no terceiro ano, suas forças, pouco a pouco solapadas, dissiparam-se. Uma manhã, perto do Natal, ela não levantou para fazer a *piada* da *colasión*, mas o marido, compreensivo, julgou alguma indisposição das regras, e arrastou Abramo para o eito como em todos os dias. Preocupou-se, entretanto, quando às nove e meia Ippolito não apareceu com os caldeirões de comida. A contragosto, largou o trabalho e regressou à casa para saber o que sucedia. Deparou com Ippolito, de coque, no quintal, brincando com Ofelia, e Dora, em trapos imundos, aos berros no chão da sala — nessa época, emprestada, Teresa fazia companhia para a caçula da patroa, sá Berenice. A mulher, olhos desertos, corpo lasso, permanecia na cama. Recorreu às vizinhas, companheiras de infortúnio, que dali para a frente alimentaram e assearam as crianças — *dòna* Angelina definhava. Virada para as locas na parede, agarrada ao quadro de santo Antônio de Pádua, de sua boca nenhuma palavra, nenhuma queixa, apenas cicios incompreensíveis. O pai desesperava-se, sem saber como agir, inexplicável a doença da mulher, sem calores, dores, feridas. Os cabelos, longos, quebradiços, escorriam pelo rosto esquelético, irreconhecível. Até mesmo para banhar-se necessitava ajuda, tão fraca. Em Zeminiana, ela despertava cedo para preparar a polenta com leite, os filhos sempre limpos, apesar da pobreza havia contentamento em seus procederes — até a morte de Domitilla esfiapar seus nervos. Então, com as unhas da miséria raspando as portas, acatou, calada, a decisão do marido de seguirem para "un paese di opportunità" — "venite costruire i vostri sogni con la famiglia", "in Brasile putete havere il vostro castello", como diziam os panfletos apregoados nas aldeias, palavras vazias que não a iludiam. Por dentro, dilacerava-se, abandonaria, para todo o sempre, os entes queridos em Borgoricco, nunca mais abraçaria os pais, nunca mais as vistas assentariam sobre os campos primaveris inundados de margaridas, narcisos, violetas, camomilas, nunca mais os pés afofariam as neves de janeiro... E, se algum alento restava ainda em seu peito, a fuga de Sebastiano no meio do caminho extinguiu-o. Tudo nela desmoronava, devagar, mas irremissível. Quando o coronel Veloso tomou ciência do caso e providenciou assistência, já de nada adiantava. A sua senhora, infelizmente, desistiu de viver, o doutor Bittencourt decretou, após examiná-la. Nem mais uma semana subsistiu. Enterram-na numa cova rasa no cemitério do Piau, o caixão tão leve semelhava vazio.

93 — À deriva

Sempre que alcança a encruzilhada — para cima, a longa subida para a Bagagem, a serra da Onça, para baixo a longa descida para os grotões chamados Angicos que aflui para um dos braços de estrada que deságua na fazenda Preciosa —, Abramo se persigna. Tantas vezes defrontara perdas que sentia a alma calejada. Assistira Domitilla consumir-se frágil em sede e calafrios; percebera Sebastiano misturar-se furtivamente entre calças e casacos num lugarejo sem nome; velara um minúsculo bebê, embrulhado em molambos, depositado numa caixinha, em Juiz de Fora; presenciara o pai cerrar os olhos da mãe, vidrados no sapé que cobria a choça, o rosto cadavérico onde, num ricto de horror, sobressaltavam os poucos dentes; testemunhara, por fim, o pai, em espasmos, apagar-se. Mas nada o abalara tanto quanto as duas mortes havidas a bordo do *Venezuela*, navio que os transportou de Gênova ao Rio de Janeiro. Um fim de tarde, dois ou três dias após cruzarem a Linha do Equador — acontecimento anunciado pelo capitão em pessoa, comemorado com pompa pelos viajantes da primeira e da segunda classe, e festejado pelo resto dos passageiros sem que alcançassem o significado daquilo, apenas talvez que se encontravam mais e mais longe de tudo que conheciam —, contemplou o momento em que trouxeram ao convés o cadáver de uma moça, que esvaíra em sangue pela boca, doença dos pulmões, disseram. Fazia um calor exasperante, e o oceano mostrava-se agitado pelos ventos que impeliam nuvens carregadas, prenunciando tempestade. Após uma breve cerimônia conduzida pelo capelão, lançaram às águas o corpo envolvido numa mortalha. Abramo continuou na amurada, contemplando estático o fardo submergir rapidamente entre as ondas. Logo, uma mão agarrou com força seu braço, puxando-o para o porão. Aquela noite, em que a embarcação parecia uma folha solta rodopiando na ventania, Abramo, insone, não conseguia parar de pensar na morta. Domitilla jazia no cemiteriozinho de Sant'Eufemia, e, ainda que não contasse nunca mais com a visitação dos pais e irmãos, compartilharia suas lembranças fugazes com parentes e conhecidos acomodados em túmulos vizinhos, o que garantia certo apaziguamento — mas a moça, finada entre gente estranha, perduraria para sempre mergulhada na mais profunda solidão. Ninguém recordaria seus rastos sobre a Terra, suas pequenas alegrias, seus singelos desejos, seus sonhos ingênuos, como se nem sequer tivesse existido. Nos dias seguintes, um rapaz, apelidado Vermiglio, por causa dos cabelos arruivados, passou a percorrer aos brados o convés superlotado, alertando os compatriotas que o *Demònio* em pessoa comandava aquele navio, guiando-os direto ao Inferno, que identificava com o *Brasile*, lugar em que anjos decaídos usavam chicotes com pontas de chumbo para forçá-los a trabalhar, nus, de domingo a domingo; onde a comida era a mesma lavagem destinada aos porcos; as mulheres obrigadas a se prostituir; e as crianças serviam de repasto aos diabos em suas orgias. No princípio, zombavam dele, o louco, divertindo-se com sua imaginação apocalíptica. Mas então a tripulação percebeu que suas predições ecoavam no ânimo abatido dos simplórios, tornando o clima a bordo tenso, e decidiram encarcerá-lo. Como na prisão Vermiglio denotou mansidão e juízo, soltaram-no quando se encontravam a algumas milhas do Rio de Janeiro, para que ele comungasse do ar fresco que soprava da costa e das belezas que se desvelavam no horizonte. Mas logo que exposto à luz do sol, ele desvencilhou-se com violência das pessoas que o cercavam, e, olhos esbugalhados, atirou-se ao mar, desaparecendo de imediato.

94 — Água da vida

A morte prematura da mãe deixou ao pai a incumbência de sustentar sozinho cinco filhos. Com catorze anos, Abramo secundava-o no cumprimento da jornada, e Teresa, com nove, servia como babá no Casarão — não representavam mais, portanto, despesa. Mas ainda havia Ippolito, com sete anos, Ofelia, com cinco, Dora, com quatro... Não contasse com a diligência das comadres — *dove mangiano due, possono mangiare anche tre* — e sua própria coragem, não saberia como impedir o desfazimento da família. Depois de regressar da capina das ruas do cafezal, o pai engolia a janta e, aproveitando o que restava do dia, palmilhava a vizinhança curando gogo das galinhas, castrando porcos, erradicando bicheiras nos garrotes. Voltava noite entrada, iluminando o caminho com uma lamparina. Sábado à tarde, colocava um banco debaixo das mangueiras e, munido de tesoura e navalha, cortava cabelo e fazia barba do povo. Quando escasseavam os clientes, corria para o Piau para auxiliar na ferração de cavalos. A trabalheira rendia uns caraminguás, que espantavam a miséria, e fadiga, que repelia pensamentos imperfeitos. O coronel Veloso dizia gostar muito do seu João, como chamava ao pai, que tinha como nome de batismo Giovanni, e, acreditando que o prestigiava "junto aos seus", sempre que recebia convidados, gentes de Ubá, de Juiz de Fora, até do Rio de Janeiro, convocava-o para que organizasse os colonos para serem vistoriados, exigia-os limpos e compostos. O pai detestava o encargo, que o punha em conflito, uns por despeito, questionavam sua liderança outorgada, outros por zanga, exibidos como coisas. O coronel, liderando sá Berenice, filhos e visitantes, perfilava o grupo, crivando-os de perguntas, que arrancavam admiração, e tecendo comentários, que desentranhavam risos. No final, oferecia-lhes uma ampla comilança, demonstrando aos hóspedes, envaidecido, o tamanho de sua riqueza, traduzida em benevolência, momento em que os colonos se empanturravam de carne e vinho, raras ocasiões aquelas.

95 — Teresa

O pai ainda viu Teresa casar-se. Mancomunada com o marido, sá Berenice, que amadrinhara a empregada, fazendo questão de arranjar para ela um "casamento decente", como explicou ao pai, prometeu-a a um conhecido, sitiante pobre no Rio Novo. À boca pequena, divulgavam que tratava-se de um irmão bastardo de sá Berenice, fruto de uma das várias relações espúrias que o pai dela, barão de Goianá, mantinha na senzala. Ela não cansava de esclarecer, desvanecida por sua sagacidade, que à pessoa em questão, "apardaçado", seria entregue uma moça italiana, "branca como leite", para ajudar no "melhoramento da raça brasileira". Submisso, o pai não contestou, e aguardaram apenas a primeira regra para encaminhá-la aos braços de Firmino, que devia somar o dobro de sua idade. Promoveram uma bonita festa no terreiro da fazenda, e, no domingo de manhã, abraçaram Teresa, que, muda, postada ao lado do marido na charrete enfeitada com ramos de flores silvestres, sumiu na curva da estrada.

96 — A sedução de Ippolito

Chamava-se seu Jamal o cometa que visitava a fazenda Nova Reunião espaçadamente. Espigado e falante, enfiado num desajeitado terno escuro de algodão cru, ruço de tanto uso, botas rotas, surgia puxando um burro velho, bruacas abarrotadas de miudezas. Cativante, atraía a afeição tanto dos moradores e agregados do Casarão, quanto dos habitantes descalços das choças; tanto das crianças, encantadas com seus truques e brincadeiras, quanto das mulheres, fascinadas por seu charmoso bigode retorcido. Apenas os homens adultos preservavam certa distância, rancorosamente desconfiados — alguns manifestavam mesmo franca antipatia. Os homens jovens, entretanto, invejavam o que fantasiavam uma vida repleta de aventuras galantes — embora ele, respeitoso e prudente, se calasse quando indagado sobre o assunto — e embeveciam-se com as notícias que trazia do mundo, principalmente de Juiz de Fora. Depois da janta, reunidos em torno de uma fogueira, seu Jamal pintava, com grandiloquentes palavras coloridas, o cenário frenético daquela cidade, as ruas apinhadas de gente, o movimentado comércio, as enormes fábricas, um lugar, enfim, que nada ficava a dever a qualquer outro de fora. Ao pai não agradavam os salamaleques do seu Jamal, achava-o por demais *strabondànte,* desprezava sua profissão, negociante de besteiragens, e preocupava-o sobremaneira o efeito de sua conversa ilusionista em cabeças-de-vento como Ippolito, que, notava, suspirava ouvindo a parolagem. Em segredo, Ippolito fomentava sonhos de partir. Agastava-o habitar um cafundó sem horizontes, onde, caso permanecesse, nunca passaria de um caipira de pés gretados, ocupando uma choupana de pau-a-pique, a mulher sempre grávida, filhos em penca, comida parca, chafurdando na miséria até o fim de tudo. À noite, ele tirava de debaixo do colchão de penas um cartão-postal, adquirido do seu Jamal, retratando uma tecelagem em Juiz de Fora, e, mesmo imerso no breu, enxergava-se operário ali, morando numa pensão familiar, alimentando-se com fartura. Fim de semana, todo gabola, terno, sapato, chapéu de feltro, desfilaria pelas calçadas de braços dados com brasileiras bonitas. Depois, chegada a hora, casaria, e, rodeado de filhos, seria feliz. Não completara seis meses do enterro do pai e Ippolito ganhou a estrada. Numa de suas passagens pela fazenda, um ano mais, seu Jamal anunciou que havia esbarrado por acaso com Ippolito, que, bem colocado, enviava lembranças. Após deixar o Piau, Abramo não soube mais nem do *turco maledéto,* como implicava o pai, nem do irmão, mas ele tencionava comprar roupa adequada e pegar o trem no

Diamante para rever Juiz de Fora e encontrar Ippolito — um dia ainda faria isso!

97 — *Na estrada*

Prometera, o pai em agonia, tutelar o destino dos irmãos mais novos, por isso a decisão de Ippolito frustrou e indignou Abramo. Sentiu-se traído em seus propósitos, mas, então, ainda mais obstinado dedicou-se a velar por Ofelia e Dora, tendo mesmo enjeitado a proposta de Teresa de levá-las ambas, ou ao menos a caçula, para morar com ela no Rio Novo, e também refutou a ideia de sá Berenice de botá-las no serviço do Casarão, pois entendia que aquilo estragava as mulheres, tornando-as fúteis e iludidas, incapacitando-as para o bom desempenho de esposas e mães. O coronel Veloso passou a pressioná-lo para que desocupasse a choça, mudando-se para uma menor, já que agora encontravam-se reduzidos a uma enxada, embora três bocas. Indisposto com os patrões, a amargura descerrou os olhos de Abramo, e ele, pela primeira vez, enxergou com clareza o atoleiro em que estava metido. Assim, começou a acalentar planos de largar a fazenda Nova Reunião. Nas idas ao Piau especulava de conhecidos e desconhecidos, formando, aos poucos, um parecer de que, para alguém como ele, disposto e saudável, o mundo oferecia oportunidades. Um sábado, céu azulíssimo de abril, nenhuma nuvem, Abramo endomingou-se, caminhou até o Casarão, pediu uma entrevista com o *colonèlo*. Baixo e atarracado, o coronel Veloso usava de artifícios para manter a autoridade. Percorria suas terras montado num enorme cavalo preto chamado Simum, e, quando em casa, sentava-se em cadeiras de pés mais altos, de tal forma que, sempre, ao se dirigirem a ele, obrigavam-se a olhar para cima. O coronel recebeu Abramo no alpendre, mandou oferecer-

-lhe refresco de maracujá, que educado recusou, e esperou em silêncio. Abramo, chapéu de palha a girar nervosamente nas mãos grossas, principiou a falar, no início buscando escolher as melhores palavras, mas depois, intimidado, usando-as, atabalhoado, na ordem em que emergiam. No final do confuso discurso, o coronel Veloso espremendo as vistas, tique que manifestava quando contrariado, resumiu: Pelo que entendi, o senhor está comunicando que deseja deixar nosso convívio?! Abramo assentiu com a cabeça e o coronel Veloso, brando e paternal, disse que ele devia pensar bem, prestes a cometer uma asneira, Lá fora — e estendeu a mão, nos dedos a aliança de casamento e o anel de formatura — não há a complacência que existe aqui, onde vocês têm teto, comida, pagamento, assistência, podem em paz criar suas galinhas, seus porcos, cultivar sua horta, Alguém os incomoda, seu Abrão? Abramo negou com a cabeça, não, ninguém incomodava. Pois então! É *véro, colonèlo, ma* eu preciso *andare via*. O coronel Veloso não se abalou. Tirou um charuto do bolso da casaca, acendeu-o, chupou-o, baforou-o, e, espremendo mais as vistas, falou, a voz ligeiramente trêmula, que se estava decidido, não se opunha, afinal já vai longe o tempo da escravidão, eram livres agora, donos de seus narizes, mas que aguardasse a panha do café, finda a safra podia tomar o rumo que lhe aprouvesse. Abramo acatou tudo, impassível, e teimou, É *véro, colonèlo, ma* eu *proprio* preciso de *andare subito*. Esmagando o charuto com seus dedos gordos, o coronel Veloso falou entre dentes, É isso?! Tentando manter o controle, tocou impaciente um sininho, surgiu uma empregada, ordenou, Mande chamar o Ferreira. A tarde se desfazia, lânguida. Abramo podia escutar, nítido, o chilreio dos passarinhos brincando nas árvores, a água do corgo impulsionando o monjolo, o canto de um carro de boi, os rumores das lavadeiras batendo roupa nas pedras do rio. Não demorou e o capataz, tirando o chapéu e prestando uma vênia, aproximou-se.

O coronel decretou, autoritário: Acompanhe esse senhor ao Coutinho, peça para acertar as contas e coloque ele para fora da fazenda. Abramo levantou-se, aturdido, contestou humilde, não podia ir embora desse jeito, necessitava se organizar, despedir do povo, as meninas nem estavam sabendo direito... Ignorando-o, o coronel espantou-os com um gesto irritado. Ferreira interpôs-se, afastando Abramo, e, quando desciam a escada, ainda ouviram a voz contrariada do coronel, Ponha tento de que ele está carregando apenas os próprios pertences, e nada mais.

98 — *Orgulho*

Abramo apeia da charrete, escancara a porteira da fazenda Preciosa, Mòro, rabo abanando, vem ao seu encontro, reassume as rédeas. Sempre, ao penetrar em terras suas, é tomado por uma espécie de alívio, algo experimentado apenas em criança, quando, em Zeminiana, a mãe reunia os filhos e, preparando-os para dormir, cantava: *Fa la nana, bambin/ fa la nana, bel bambin/ nei brasseti de la mama/ fa la nina, fa la nana,/ fa la nina, fa la nana./ Che a mama xe qua/ el papà el tornarà/ fa la nina, fa la nana/ nei brasseti de la mama./ Fa la nina, fa la nana./ E se lu nol tornarà/ la to mama pianzarà./ Fa la nina, fa la nana/ nei brasseti de la mama./ Fa la nina, fa la nana.* Podia ouvir, ainda agora, a voz suave de outros tempos — arrepiado, não houvesse o coração tornado pedra, seus olhos se encheriam de água. Abramo para no terreiro, Emma desce com o bebê e entra em casa. Ele conduz a charrete ao rancho, começa a desarrear o cavalo. Pensava que talvez, vivo, o pai se orgulhasse de seus esforços. Pelejara muito para conquistar o que ele almejara, sem sucesso, um chão, por pequeno que fosse, um lugar onde os pés descalços se firmassem e a alma se refestelasse como um gato banhando-se ao sol. Para possuir aquele tal castelo apregoado nos folhetos, Abramo sofrera calado perdas, decepções, humilhações, economizara cada vintém, enfrentando fome, frio, solidão. Mas, valera a pena, ali, naquela encosta no alto da serra, construiria uma fortaleza, onde a família, unida, lutaria contra as intempéries da vida. Abramo ouviu o choro de Bartolomeu, e, satisfeito, atravessou o quintal, o sol a pique, sentindo que inaugurava um novo mundo.

99 — Coração

Iam todos os domingos ao cemitério do Piau visitar a tumba da mãe, depois da missa na igreja do Divino Espírito Santo. Os conhecidos incentivavam o pai, ainda vigoroso, a escolher outra mulher, ninguém consegue viver sem companhia, e havia as crianças, pensasse nelas, mas ele mantinha-se irredutível, não aceitava nem mesmo ouvir falar daquilo que considerava uma afronta à memória de Angelina, a cada um a sua *cróxe*, conformava-se. Teresa despertava cedo, acendia o fogão de lenha, fazia o almoço, e rumava ao Casarão para tomar conta dos filhos pequenos de sá Berenice. O pai enchia os caldeirões e seguia com Abramo para o cafezal, enquanto Ippolito, Ofelia e Dora espalhavam-se pela vizinhança — martirizava-se por saber que, dissimuladamente, alguns chamavam-nos de *gatìni* do Giovanni, por parecerem sempre sujos, esfaimados, abandonados. A maledicência golpeava o corpo maltratado do pai, muito mais que a serviçama que o aguardava depois que largava a enxada. Teresa regressava do Casarão, fazia a janta, lavava Ofelia e Dora, recolhia-as à cama, e, às vezes, ao tornar a casa, tarde da noite, após percorrer as cercanias catando serviço, o pai a encontrava dormindo na cozinha, a cabeça aninhada entre os braços cruzados estendidos sobre a mesa, e aquilo lhe cortava o coração. Tomava-a no colo, deitava-a no catre que dividia com as irmãs, e, embora extenuado, sentava-se desanimado num banco do lado de fora da choça, e ali ficava, imóvel, envolvido pela silente escuridão da madrugada. Nessas horas, dava razão a Angelina, ela nunca se amoldou à mudança, e, desgostosa, morreu culpando-o por arrastá-la para aquela funesta aventura. E nessas horas ruminava a atitude, condenável, do seu compadre Camillo Marangon, que não aguentando assistir a família minguar na indigência, e altivo demais para admitir auxílio, tomou formicida, abrindo caminho para que a viúva arrumasse alguém melhor que ele.

100 — O futuro

Um dia, o pai capinando, a lâmina da enxada resvalou numa pedra e talhou o peito do seu pé. Embora o corte profundo, minimizou o problema, lavou a ferida na água corrente da mina, a custo estancou o sangue, e continuou a lavorar. No fim da tarde, desceu mancando, amparado no ombro de Abramo. Em casa, porquanto latejasse, banhou o lanho com querosene e, quando, ao regressar do Casarão, Teresa observou que uma mancha vermelha subia tornozelo acima, o pai, constrangidamente irritado, disse que não era nada. Mas não pregou os olhos aquela noite. A dor parecia esparramar-se, quente como se à beira de uma fogueira. Sentia uma sede imensa, mas, impossibilitado de se levantar, tratou de não incomodar nenhum dos filhos. Pela manhã, Teresa estranhou que o pai permanecesse na cama e, sem saber que atitude tomar, convocou *sia* Mariannina Zanatta, sua madrinha. Ela colocou a mão na testa do pai, constatou a febre, afastou a coberta, reparou o corpo molhado de suor — agitado, ele variava. Mandou que Teresa colocasse água para ferver e saiu. Na volta, limpou o machucado com um pano fumegante, após uma compressa de arnica, e dispensou a afilhada, recomendando que fosse trabalhar, ela vigiaria o pai. Ainda que preocupado, Abramo pegou o caldeirão e a enxada e rumou para o cafezal. Estranhando a ausência do seu João, Ferreira, o capataz, desceu à choça, onde *dòna* Mariannina exibiu a perna inchada do compadre, que ressonava entorpecido. Ele avaliou a situação, disse que, caso não houvesse progresso, ela o procurasse, e virando-se para Ippolito, que assistia a conversa, entre curioso e assustado, perguntou se era capaz de substituir o pai, assim não descontaria a jornada. Lisonjeado, o menino respondeu que sim, colocou o chapéu de palha na cabeça e atravessou o quintal arrastando a ferramenta, maior que ele. Ao despertar, o pai enfureceu-se — e prostrou-se, esmorecido. Seu maior temor se consumava: um homem que não logra proteger a família não merece seguir vivendo. Recusou a sopa que *dòna* Mariannina preparara e, a febre altíssima, voltou a delirar — não reconheceu Ippolito, que, imaginando que o pai se mostraria orgulhoso, queria exibir-lhe os calos de sangue nas mãos, os pés esfoliados, conquistados na roça. Na madrugada, *dòna* Mariannina, que velava pelo doente sentada num tamborete ao lado do catre, despertou com gritos do compadre, os músculos em espasmos. Logo, o cômodo tomado pelos filhos, Abramo e Teresa, em pânico, Ippolito, Ofelia e Dora, assombrados. *Dòna* Mariannina pediu para chamar o marido, *siòr* Giulio, e conferenciaram se deviam avisar o capataz, mas concluíram que ele, genioso, não gostaria de ser perturbado àquela hora, e decidiram aguardar a alvorada. Ferreira apareceu na choça, aceitou o cafezinho com bolo de fubá, "para espantar a friagem", inspecionou o quarto, que agora exalava um fedor de podridão, e concluiu que demandava urgência. Convenceu o coronel Veloso a enviar um empregado ao Piau para localizar o doutor Bittencourt. Antevendo a desgraça, as vizinhas espalharam velas pelos cômodos, e, as cabeças cobertas por lenços, iniciaram intermináveis rezas, entrecortadas por gemidos, lamentos e choros convulsivos. Um bule de café sempre quente circulava entre os colonos compungidos. Por volta das dez horas, o pai pareceu avivar — mas, sabiam, tratava-se da "visita da saúde". *Siòr* Giulio aproximou-se da cabeceira do catre, indagou como o compadre se sentia. Ele respondeu com um gesto, sabia que não restava esperança. Tentando animá-lo, *siòr* Giulio desconversou, que não esmorecesse, amanhã as coisas estariam melhor. Então, Abramo ouviu o pai, num último esforço, sussurrar, mirando o vazio, *Domàn è futuro, per noi non c'è futuro* — Amanhã é futuro, para nós não há futuro... Ao apear na porta da choça, quase meia-noite, o médico cruzou com um colono que, aflito, saía em busca de um padre para encomendar o corpo.

São Paulo, novembro de 2019 — novembro de 2021

ESTA OBRA FOI COMPOSTA PELA SPRESS EM ELECTRA E IMPRESSA EM OFSETE
PELA GRÁFICA SANTA MARTA SOBRE PAPEL PÓLEN SOFT DA SUZANO S.A.
PARA A EDITORA SCHWARCZ EM NOVEMBRO DE 2022

A marca FSC® é a garantia de que a madeira utilizada na fabricação do papel deste livro provém de florestas que foram gerenciadas de maneira ambientalmente correta, socialmente justa e economicamente viável, além de outras fontes de origem controlada.